# 転生少女の履歴書

12

ヒーロー文庫

てんせいしょうじょのりれきしょ
転生少女の履歴書
12

# CONTENTS

Ryo=Rubyforn
リョウ=ルビーフォルン　F

神聖ウヨーリ聖国　大聖堂

FAMILY
親代わり　コウキ、アレクサンダー



illustration 桑島黎音

イラスト／桑島黎音
装丁・本文デザイン／5GAS DESIGN STUDIO
校正／吉田桂子（東京出版サービスセンター）
DTP／鈴木庸子（主婦の友社）

この物語は、小説投稿サイト「小説家になろう」で
発表された同名作品に、書籍化にあたって
大幅に加筆修正を加えたフィクションです。
実在の人物・団体等とは関係ありません。

# プロローグ　ゲスリーの白黒の世界

私は、彼女に手を差し出した。

彼女の琥珀色の瞳を見ていると、初めて彼女を見た時のことを思い出す。

それは彼女の入学式の時。家畜の検査で首席となった彼女は壇上にいた。

毎年行われる検査で首席になった家畜のことは、いつも気にかけていた。家畜の中にも優劣がある。どの家畜も等しく愛しているがやはり優れた家畜は特別に可愛い。

だから、その時も今年の優秀な家畜を見るのを楽しみにしていた。

そして彼女を一目見た時、その毛艶の良さや目や鼻の形や配置、唇から囀るその声も、とても気に入った。しかし、それと同時に少し違和感があった。何かが引っかかった。

他の家畜とは違う何か。そう彼女は、あまり家畜らしくない。

でも、彼女のことをとても気に入った私は、それらの違和感に目を瞑り、気づかないことにした。その綺麗な金の髪に指を通して撫でたらどんなに気持ちがいいだろうと、それだけを考えていた。

しかし、あの時目を瞑った違和感は日毎に大きくなった。

彼女はただの家畜ではないのかもしれない。家畜ではないのだとしたら、それは、害獣だ。私の可愛い家畜たちに害をなす、許しがたい存在。処分しなくてはならない。

そうだと、わかっているのに。何故か、処分できない。彼女の艶のある毛だけでなく、滑らかな肌にも触れてみたくて仕方なかった。声をかけたらどんな反応をするのか、触れたらどんなことを囀るのか、知りたくなってしまう。

何故なのか自分でもわからぬ中で、その答えらしきものが見えてきた。

私が成人を果たした時、かつて非魔法使いは生物魔法なるものを使い、世界のあらゆるものを支配していたということを知った。

今この国で魔法使いとされている者は、彼らの——今でいう家畜の——奴隷に過ぎなかったのだ。

何故なら、生物魔法を使う者は、生物を支配する「隷属魔法」を使えた。

その事実を知った時、思った。彼女は私に「隷属魔法」を使ったのかもしれない。だから私は、彼女のことばかりを考えてしまうのだ。

彼女にはずっと私の方を見てほしいと、そればかりを考えてしまうのもきっと……。

……今までも、お気に入りの家畜はいた。見目麗しく、しなやかで、頑強で、可愛らしい家畜たち。彼女もそのうちの一人。ただそれだけのこと。そうであったはずなのに。

私の静かな白黒の世界で、彼女だけが色づいて見える。

これが、隷属魔法をかけられたからという理由以外に何があるだろう。

隷属魔法から解放されるために、私は以前、彼女の細い首に指を回した。力を入れれば彼女は死んで、私は解放されるはずだった。

だが……できなかった。

そうだ、できるはずがない。私は、魔法をすでにかけられているのだから。「隷属魔法」にかかっているのだから。

それなのに彼女は魔法なんてかけてないと何度も私に嘯く。

彼女は本当に残酷だ。勝手に魔法をかけておいて、解かないどころか知らないふりさえする。それでも私は彼女に逆らえない。

「一緒に行こう」

彼女なら手をとってくれるだろう。

なにせ、私がこうやって手を差し出しているのは、隷属魔法をかけた彼女自身がそうさせているから。

私が側にいてほしいと思うのは、こうやって手を差し伸べているのは、彼女がそうして欲しいと思っているからだ。

# 第五十九章　求婚編　王弟からのプロポーズ

これは一応プロポーズ、ということになるのだろうか。

私は、彼のアメジストの瞳を見返した。

形の良い唇、羨ましくなるほどに肌理（きめ）の細かい肌。相手は王族で、なかなかお目にかかれないレベルの美男子だ。魔法使いとしても規格外で、それでいて平民にも優しく国民の評判も上々……と言われている。

彼の素顔さえ知らなければ、もしかしたら私も他の女の子と同じように彼にキャアキャア言って騒いでいたのかもしれない。

そんな人が、私と結婚する気らしい。しかも、国を半分に割ってくれてやるとまで言った。

一方、私はもともと貧しい農村生まれの平民。

美容には気を遣っているのでそこそこであるとは自負しているけれど、彼ほどの魅力があるかといえば勢いよく首を横に振れるレベル。

立場も、商人としてそれなりの地位を築いたので、一応商爵という準貴族扱いにはなる。でも、魔法が使えない私は、この国ではどんなに頑張っても準貴族どまり。本当なら、王弟と肩を並べることはできない。

でも彼は一緒にいて欲しいらしい。

彼と結婚すれば、ゆくゆくは王妃にもなれる可能性がある。

魔法使い至上主義のこの国で、非魔法使いの私が、だ。傍(はた)から見れば、誰もが羨むような結婚。シンデレラストーリー。

私に隷属魔法をかけられたと思い込んでいる彼と共にいる日々を想像した。

彼は、多分、彼が思っている以上に、私を大切にしてくれそうな気がする。自分の気持ちがわからなくて、魔法にかかっていると思い込むぐらいには不器用な彼に、私みたいなやつでも何か教えてあげられることがあるかもしれない。そしていつか、本当に心を通わせることができる未来もあるのかもしれない。

それになにより……これからのことを考えると、私が彼の申し出を受けるのが、一番丸く収まる。

国の半分を独立させて、現王政の体制に不満がある者たちは、新しい独立国へ。そうでない者はこのままこのカスタール王国で。

力関係で言えば明らかにカスタール王国の方が強い。

なにせこのまま戦争を続けたら、ヘンリーの力で反乱軍はつぶされていた。

本来なら敗戦だったのに、ヘンリーは独立を許してくれたのだ。

だからこそ、その絶対権力者たるヘンリーの傍らにいることは、今後大きな意味があると思う。この不毛な争いを収めるためには、そしてこれからのためにも、ヘンリーの手をとるのが一番だ。

そう思う。そう思うけれど。

『お願いだ、リョウ。俺と一緒に逃げよう。海を越えて、新しい土地で、二人で、一緒に……。不安なこと全部忘れさせてみせるから』

私が生きてさえいてくれたらそれでいいと言ってくれたアランの顔が過ぎる。

何故か無性にアランに会いたい。

あの時、とらなかったアランの手をとって、そのまま一緒に隣国に行けたなら……。

二人で青い海を渡って、新しい国で、自由に駆け回って、おいしいものを食べて、お互いがお互いを支えながら日々を過ごす光景が浮かんだ。

あまりにもまぶしくて、なぜか目から熱いものがこみあげてきて、思わず目を瞑った。

全部を捨てて、自由になって、アランと二人で過ごす。

でも、そんなことできないって、自分自身が一番わかっている。

そんな風にできたなら、私はきっとここまで来れていない。

思わずゲスリーの様子を窺うと、彼は、私が一緒に王都に帰るだろうと信じ切った顔をしていた。

まあ、普通に考えて、そうだよね。王都に帰るのが一番良い。そして内乱を終わらせる。私なら、そうする。それが最善だから。

ヘンリーの手をとろう。そうすれば、全ての物事が良い方向に進む。

「殿下、私……」

そう自分の答えを出そうと口を開いた、ちょうどその時。

「殿下！　リョウ！」

突然、切羽詰まったカイン様の声が聞こえたかと思うと、視界の端に光るものが見えた。

私はとっさにヘンリーの手をつかんで引っ張って、一緒に倒れこむようにして後ろに下がる。

そして次の瞬間、しゅんと風を切るような音が先ほどまでヘンリーがいた場所で鳴る。

鋭い刃が振り下ろされた音。

そして、その音を出したのは、剣を持った男で、思わず私は目を見開いた。

「何をするんですか！　ルーディルさん！」

ヘンリーがいた場所に剣を下ろしたルーディルさんがいた。彼の鋭い眼差しが私とヘンリーを見据える。

「こいつには居なくなってもらう」

ルーディルさんは、真っ赤に充血した目でそう言った。

「ルーディルさん、どうして……！」

これはルーディルさんにとっても悪い話じゃないのに！

側で、剣と剣のぶつかる音が聞こえてきてそちらを見ると、カイン様と親分だった。駆けつけようとしていたらしいカイン様を親分が止めている。

先ほどまで乗り気だった親分まで⁉

くそっと思わず悪態をついて、ルーディルさんの凶刃を警戒する。

今の私は丸腰だ。生物魔法を使うべきか。いや、今私の後ろには最強の魔法使いヘンリーがいる。やつに魔法でちょちょいのちょいしてもらえばいいのだ。

私がちらりと彼の方を見て、やっちゃってくださいという視線を送ると、彼はにっと笑った。

「まいったな。先ほど魔法を使いすぎたか。呪文が使えそうにない」

と、実に呑気な声が返ってきた。

地面割ったりして疲れたらしい。

この、ばか……！

「殿下を殺したら、この戦争は泥沼になりますよ！」

私はゲスリーを庇（かば）うように前に出て、ルーディルさんにそう言った。

ヘンリーはゲスだけど、妙なカリスマ性だけはあった。それはその独特の性格からかもしれないし、他の追随を許さぬ魔法の力がそうさせているのかもしれない。

国の貴族たちは、ヘンリーを失ったら敵を滅ぼし尽くさない限り、戦いを止めはしないだろう。そして親分たちも止まらない。ここでヘンリーを失ったら、泥沼だ。

「こんなところで戦争が終わってもらっては困るんだ！」

そう言って、ルーディルさんはまた剣を振り上げた。

強化魔法を唱えようかと思ったけれど、丸腰の私を魔法で強化したとしてもゲスリーを守り切れるか不安がある。

私は、とっさに自分を回復させる呪文を口にして、ゲスリーを囲うようにして彼を抱きしめてルーディルさんに背を向けた。

ルーディルさんの剣を自分で受けても、回復魔法さえかかっていれば、傷を受けたその場で傷を癒（いや）せる。

痛いけれど、この方が確実にゲスリーを守れる。

そう思った私は衝撃を待ったが、痛みは来ない。代わりに後ろで鈍い音がして、周りに赤いものが散ったのが見えた。

とっさに振り返ると、そこには……。

左の脇腹に刃が刺さり、血を流している親分の大きな背中が見えた。

「アレク……！　なぜだ……!?」

ルーディルさんの絶叫が耳に入り、私はやっと目の前に起こったことを理解した。

親分が、ルーディルさんの刃を受け止めてくれたのだ。自分の体を使って。

カイン様が、剣を構えたまま呆然として親分を見ているので、親分はカイン様の猛追を逃れてここまで来たのだろう。

そんな親分の体にルーディルさんの剣が深々と刺さっていて、赤いものがぽたぽたと落ちて、地面を濡らす。

「ルーディル……俺はな、最初はこんな国滅んじまえばいいと思っていたさ」

呻くように、でもはっきりと親分が言う。

「食糧難だった村のやつらに力を貸してやったよな。でも俺たちのことを売ったら魔法使いの目にかけてもらえると思った村人に裏切られたこともあった。くだらねぇと思ったよ。魔法使いの家畜として生きている方がいいのかってよ、憤りもしたさ。でもな。今ならわかる。それも、力のない村人たちが平穏な生活を手に入れるために、考えて動いただけのことだ」

「そ、そんなの！　弱いやつらが悪いに決まっている。いや、そんな弱いやつらばかりだからこの国は腐っているんだ」

「そうかもしれねぇな。だが、弱いことは罪か？　誰も彼もが、俺たちと同じ考えでいられるはずはねぇ。安全や平穏を選ぶやつもいる。きっとそういうやつらが多くて、ある意味その方が人としては正しいのかもしれねぇ。弱さが悪いと、弱いやつらを蔑ろにしたら、俺たちが毛嫌いしてる魔法使いとなんら変わらねぇと思わねぇか？」

親分は、剣が刺さっているとは思えないほど穏やかな口調だった。

「せっかく国を割ってくれたんだ。それでよしとしようじゃねぇか。こっちは俺たちの理想を掲げる、それに賛成してくれる者たちで国を作っていけばいい。片方は今まで通り魔法使いが強い国だ。その方が安全で平穏だと思うやつらはそっちに行けばいい。その方がいい」

「何をぬるいことを言うんだ！　フィーナのことは、いいのか！　彼女は……王族に！　魔法使いに、いや、この国に殺されたんだ!!」

「お前がフィーナのことで怒ってくれることで、俺は救われていた部分があったのかもしれねぇな。……俺の気はもうすんだ。もう俺の中にいるフィーナは満足してる。思い出すと、いつも笑ってるところが思い浮かぶ」

「違う！　俺の中のフィーナは、違う。俺が思い出すのは、いつもあの、最後の顔なんだ

「……！」

泣きそうな声で、いやもしかしたら本当に泣いているのかもしれない。

ルーディルさんの濡れた悲鳴が耳に痛かった。

「妹はあまり強い人間じゃなかった。安心と家族の安全を祈る女だった。魔法使いのお陰で今の生活があるのだと、感謝もしていた。今になって思う。フィーナはお前の言う弱い人間だ。こうやって国が割れたら、妹は安全と平穏を求めて今まで通りの暮らしを選ぶんじゃねえかと思う」

「それは……」

「なあ、ルーディル。俺たちはよくやったよ。ここで、手を引こう。弱い者も強い者も……いや、どっちが強いっていうのもねえのかもしれねえな。それはただの一つの選択なんだ。どちらを選んでもいい。そこに強弱なんかねえ。……なあ、ルーディル、この新しい二つの国でやっていこう」

親分がそう言うと、ルーディルさんが瞳を揺らした。どうすればいいのか、わからないという顔。私は親分の話を聞いて、何故か泣きそうになっていた。

お願い、ルーディルさん。もう争ってほしくない。

そう願っていた時に、ゲスリーの声が聞こえた。早口で何を言ってるのかよく聞き取れなくて、でもすぐに気づいた。

これは、呪文だ！　しかも、解除の……!!

さっきまでもう何もできる気がしないとか言ってなかった⁉　と声の主の顔を見た。

いつもの胡散臭い笑みを浮かべている。

そして、私とヘンリーのいる場所以外の地面が、砂のようになって崩れ始めた。

カイン様とアンソニー先生がシャルちゃんを守るように、親分が腹に剣を差し込んだまま ルーディルさんを守るようにして、崩れてゆく砂の地を滑り降りていく。

「みんな……！」

私は咄嗟に手を伸ばすも、彼らはもういない。

そこにヘンリーが別の魔法を使って、周囲に風が舞う。

疲れて使えないと言っていた魔法を突然使ってこんなことをしでかしたやつに何か言おうとしたけど、砂が風とともに舞うので私は目も口も開けられなくなった。砂嵐の中にいるみたいな感覚。それに、私のいる地面も少し不安定になってきた。

私の足元も崩れる……？

しばらくこの状況になすすべなく身を委ねていると、やっと地の揺れが大人しくなってしっかりと足がついた。風の音は聞こえるけれど、肌に砂や風が当たらなくなる。

おそるおそる目を開けると、笑っているヘンリーがいた。なんだかすごく楽しそう。いたずらに成功した子供みたいな笑顔。

見渡せば、ヘンリーと私を囲むように砂嵐が渦巻いている。

周りにいたはずの親分たちがどうなったろうと目を向けるも、その砂嵐のせいで外の状況が何も見えない。

そして私は再び目の前に視線を向ける。

目の前のヘンリーの顔には、何事もなかったかのような笑みが浮かんでいる。

その無邪気にも見える笑顔は、記憶を失っていた時の彼と重なった。

「魔法、使えなかったのでは？」

不満そうにそう言うと、彼は笑みを深くした。

「ああ、あれは嘘。最初君が男の剣から私を守るために動いてくれたのが楽しかったから、またやりたくなって。ああ言えば、君がまた私に構ってくれると思ったんだ。でもなんだか面倒臭くなって、彼らには退場してもらったよ」

はあ!? どういうこと!? まさか私に構ってもらうためにあんな嘘ついたの!? あの命の危機的な状況で!? そして私なんてまんまと身を犠牲にして庇（かば）おうとしたんですけど!?

はあ、もうほんと君は、そういうところ、そういうところがゲスリーのゲスリーたる所以（ゆえん）だよ!?

これは流石（さすが）に文句言ってやろうと勢い込んで話しかけようとしたところで、ゲスリーの顔が曇った。

「ん？　これは……？」

ヘンリーから珍しくも戸惑うような声。

彼が不思議そうにあたりを見渡している。

私も、改めて周りに目を向けると、私とヘンリーを中心にして吹いていた砂嵐の動きが、わずかだけど鈍くなっているような気がした。

いや、確実に鈍くなっている。風が吹きすさぶ音も弱くなっている。

「……へえ、これは面白い。ここまでできる魔術師だったとは知らなかった」

ヘンリーがそう言って、とある場所に視線を向ける。

私もそちらに目を向けると、少々勢いが弱くなった砂嵐の向こうから、影のようなものが見えた。

人だ。誰かが、こちらに来ている。

親分？　ルーディルさん？　カイン様……？　いや、でもさっきヘンリーは『魔術師』と言っていた。

魔術師と言えば……。

そして、その人影はとうとうその姿を現して、思わず私は目を見開いた。

アランだ。

長い髪をなびかせて、まっすぐ、でも少し歩きにくそうに、私たちのいる場所へ。

「なんで……アランが……」

思わずそう口にした。

先ほど捨てたばかりの選択肢が、未来が、むくりと起き上がって私を見ているような心地がした。

本当にそれでいいのかと、訴えてくるような眼差しで。

自分の周りの砂煙を、おそらく魔法で堰き止めていたアランは、腕を上げて目の周りを砂から守りながらとうとう私とヘンリーのいる場所までたどり着いた。

そして、私の姿を一目見るなり、ほっと安堵したような顔で微笑んだ。

「リョウ……良かった。間に合った」

そう言って弱弱しい笑みを浮かべるアランの顔が、異様に青白い。

その原因は何だと思って、すぐにわかった。アランの右の太ももが血で汚れている。

怪我……？　歩きにくそうにしていたのは、これが原因か。そもそも、アランはどうやってここまで。魔法で眠らせたはず……。

アランの登場に驚いていると、その太ももを少しかばうような動きをしながらアランは私をまっすぐ見つめてきた。

「リョウ、無事か？」

い、いやいや！　それは私のセリフ！

「アランこそ！　その太ももの怪我、どうしたんですか⁉」

「え？　ああ、まあ、ちょっとな」

ちょっとな、じゃないよ。顔色だって悪いじゃないか！

思わず、アランに駆け寄ろうとしたら、誰かに手を掴まれてがくんと身体がつんのめった。

「リョウ、私との話がまだ終わってない」

あ、ヘンリーの存在をすっかり忘れていた。

「す、すみません。ちょっと魔法を使わせてください。アランが、怪我をしていて……」

「ダメだ」

「な、なんでですか？」

「それは……」

不機嫌そうな顔でヘンリーがそう言った。しかし、しばらく待ってもヘンリーは『それは』の次の言葉を口にしない。

なんだろう。生物魔法を使うのが嫌なのだろうか。でも緊急事態だ！

焦れた私は、彼の手を振り払った。

「もう！　少しぐらいいいじゃないですか！」

そう言って、私はアランに駆け寄った。

アランは少し驚いた顔をしているが、気にせずしゃがんで彼の太ももの傷口を見た。刃物で刺したような傷だった。

これなら、歩くのも辛かったろうに……。

「今、治しますね」

そう言って、呪文を唱えようとしたところで、アランに腕をとられた。

「いや、それより、今どんな状況なんだ？　よくわからないまま、リョウを追ってきて……状況が飲み込めない」

「えっと、今は……」

いや、なんて説明するべきか……。

「これから、リョウと一緒に王都に戻るところだよ。結婚することにしたんだ」

悩む私の後ろでそう答えたのは、ヘンリーだった。

その答えに、アランが微かに目を瞬かせる。私の腕をとっていたアランの手が離れる。

「結婚……？」

「いや、結婚というか、なんというか……」

なんだかいたたまれなくて、私がもごもごと口にした言葉はなんか歯切れの悪いものになってしまった。

いやだって、結婚というか、うん、なんだろうね……。というか、この、空気感は、なんだろう。居づらい……。

気づけば、ヘンリーとアランで睨み合っているし。

まさか、これは、『私のために争わないで！』的な展開なんだろうか。少なからずそういう展開に夢を見ていたこともあったけれど、なんか、違う。思っていたのと違うっていうか……ただただ居づらいんだけど……。

色々考えた末に、私は考えることを放棄し、とりあえずアランの太ももの傷を魔法で治すことにした。

アランの傷を観察しながら、自分の親指を少し噛み切る。

アランの傷、結構、深い。やはり刃物で刺したような傷に見える。誰かに、刺されたのだろうか。ここまで来るまでに戦争に巻き込まれて怪我をした？

原因を考えながら、呪文を唱えてアランの傷に触れると、光が集まってみるみる傷が癒やされていく。

やっぱり、生物魔法はすごい。

隷属魔法は忌むべきものだとしても、この癒やしの力を今の魔法使い至上主義の体制の維持のために封じるのは、本当にこの国の人たちのためになるのだろうか……。

「リョウ、ありがとう。……それで確認したいんだが、リョウとあいつが一緒に王都に帰って、結婚して、そうなったら、リョウが死ぬことはないってことか？」

気づかわしげな声が上から降ってくる。

見上げれば、アランがこちらを見ていた。翡翠の瞳が不安そうに揺れている。でも、その眼差しはいつものように優しくて……。

その顔を見て、私はわかってしまった。

アランが太ももに怪我をした理由を。

アランは、私が死なないように、心配して……ここまで来てくれたんだ。

太ももの傷は、アランが自分で傷つけたもの。私の眠りの魔法を破るために、自ら傷つけた。

そうまでして来てくれて、でも、その理由を素直に言えば、魔法をかけた張本人である私が傷つくからと、理由を伏せた。

また、泣きそうになった。

アランが優しすぎて泣いてしまいそうになる。

アランのまっすぐな瞳を何故か見ていられなくて、私は視線を逸らすと立ち上がった。

「……ええ、たぶん。死ぬことはないかと」

太ももの傷のことには触れずにそう答える。私のために怪我をしたのかと確認したって、アランは素直に答えない。

私は改めて口を開いた。

「その、アランは、大地が割れたのを見ましたか？」

「見た。殿下の力だろ。あんなことできるのは殿下しかいない」

「そう、そうです。その、殿下は、大地を割って、割れた先の国の独立を認めてくださったんです。だから、戦争も終わりです。争わずにすむんです」

私はそう言ってどうにか笑顔を張り付けた。

そう、これはものすごく幸運なこと。こんなに都合の良い展開はそうそうない。

「その代わりに、リョウが殿下と結婚するということか？」

そう言って、あのまっすぐな目でアランが私を射抜くように見る。

何故かわからないけれど心臓をぎゅっと掴まれたような心地がして、言葉に詰まった。

「そう。彼女には、私に魔法をかけた責任がある」

アランと私の話に割り込んできたのは、ヘンリーだった。

ヘンリーはさらっと私の肩を抱いた。なんかあたかも『俺の女』アピールのような動きだ。

いやまあ、結婚するんだから、『俺の女』なのかもしれないけど……。

「魔法をかけた、責任……？」

アランがいぶかしげに、そう言って殿下を見やる。

「そう、彼女は、私に隷属魔法をかけた。なのにどんなに言っても、魔法を解いてくれないんだ」

「リョウは隷属魔法は使えない」

「いや、使えるはずだ。そうでなければ、私が彼女のために、彼女の望むことをしようと思ってしまう、その説明がつかない」

「説明って……」

ゲスリーの話を聞いて、アランが戸惑うようにして口を開けて、でも何も言えずに閉ざす。

そして何かを考えるようにして、下を向くと改めて視線をゲスリーに向けた。

「説明とか、違うだろ。それは、魔法とかじゃなくて、単にお前が……リョウを愛しているからだ」

私もうっすらそうなんだろうなと思っていたことを、アランがはっきりと口にした。

ゲスリーはどんな反応をするのだろうと、横目で見てみると、彼はいつもの余裕の表情を浮かべていた。

「愛……？　ああ、もちろん、愛している。私は、家畜は平等に愛らしく思っているからね」

いつもの家畜に対する博愛のことだと思ったらしい。相変わらずだ。

私なら、ここまでの問答であきらめてしまう。ゲスリーに愛はわからないって決めつけて。

でも、アランはそうじゃなかった。

「違う。本当はわかっているはずだ。認めたくないだけだ。人を愛することが怖くて、自分が傷つくことを恐れている。だから見て見ぬふりをしたくて、でもできなかったから魔法のせいにしているんだ」

あまりにもまっすぐな言葉に、何故か私の方が胸に来た。

でも、ゲスリーは馬鹿にしたように鼻で笑った。

「そうか、わかった。君も、魔法をかけられたのか。なるほど。本当に、リョウはひどいことをするなぁ。でもいいよ。許す。私の側にいてくれるなら、魔法も解けなくてもいい。さあ、行こう、ゲスリー、リョウ。このまま王都に帰ろう」

そう言って、ゲスリーが私の肩を抱く手に力を込めた。

このまま王都まで散歩でもしようとでも言いそうな、気軽い感じだ。

思わず拳に力が入る。

そうだ、私はこのままゲスリーと一緒に帰る。

それが、これからのことを考えると、最善だから。

「アラン、その、この国のことを思えば、これが一番だと、思うから。私、殿下と一緒に……行きます」

私がそう言うと、アランが傷ついたような顔をした。

なんか最近そんな顔ばかりさせている気がする。本当は、そんな顔、させたいわけじゃないのに。

「じゃあ、リョウ、なんで泣いているんだ？」

アランの口から思ってもみないことを言われて思わず目を見開いた。

え？　泣いている？　誰が……？

そう思って顔に手をやると、濡れていた。

というか、普通に、視界が滲んでいる。

「あれ、私、泣いて……？」

どうしよう、なんか、涙止まんない。

ぽろぽろぽろぽろ、落ちてくる……！　え？　なんで？　だって、これが一番のはず。

殿下はそりゃちょっとゲスだけど、大事にしてくれそうな気もするし、顔だって落ち着いて見れば好みの顔だし、そのうちいい感じになることもあるかもしれないって、そう、思って……。

だから、別に、それほど悲しいはずじゃないのに……。

「リョウ、ダメだ。これはリョウのためにも、殿下のためにもならない」

混乱する私の頭に、アランの声が下りてくる。

「アラン……」

「自分の心を偽るのは、自分を傷つけることと一緒だ」

アランの言葉にハッとした。

この場を丸く収めるために、殿下と一緒になるのが一番だと思っていた。

でも……。

「さっきから、君はうるさいな」

不機嫌そうなヘンリーの声とともに、アランの足元の土が急激に盛り上がった。

「んあ⁉　これ……！」

「ちょ……！　アラン⁉」

私が止める間もなく、アランは盛り上がった土に押し出される形で、あっという間に砂嵐の外側へと吹っ飛んでいった。

アラーン！

「ちょっと！　殿下⁉　なんでいきなりそんなことするんですか⁉」

間違いなく殿下の魔法の仕業だと確信した私はそう責めてみたけれど、彼はどこ吹く風といった具合で笑顔を浮かべていた。

「どこか行ってほしかったから。それに彼も魔法使いなら、自分でどうにかできるよ」

いやいやいやいやいや、どこか行ってほしかったからって魔法で吹っ飛ばすのはないでしよ。

まあ、確かにアランなら、大丈夫だとは思うけれど……。慌てて呪文唱えているのが聞こえたし。でも、だからって……。

不満げに殿下を見つめる。

やはりゲスリーはゲスリーである。すると、ゲスリーは改めて私に手を差し出した。

「変な邪魔が入る前に、早く王都に帰ろう」

その手をとるのが当たり前だと思っているようなその顔が、どこか幼く見えて、記憶を失っていた時の彼を思い出した。

あの、幼い、純粋なヘンリーもヘンリーなのだとしたら……。

先ほどアランに言われた『自分の心を偽るのは、自分を傷つけることと一緒だ』という言葉を反芻する。

先ほどまで、これからのためにとか、私ならうまくやれるとか、色々ごちゃごちゃ考えていたことが、すっと消えて、一つの単純な答えがはっきりと見えてきた。

そうか、そうだった。

私は、ヘンリーを改めて見る。見た目は完璧な、このゲスの王子様を。

……ほんと、ヘンリーには、いつも手を焼かされた。

何を考えているのかわからなくて、気まぐれで、口を開けばゲスってきて……。

今でも信じられないけれど、多分彼は彼なりに、私のことを好いてくれていたのかもしれない。

それは博愛主義なように見える彼の言う家畜に対する愛じゃなくて、もっと特別なもの。全然伝わらなかったけれど。

いや、正直今でもよくわからないけれど……。

けれど、彼がそういった、誰かを特別だと思う気持ちがわからないということに関しては、私にもなんとなく覚えがあった。

私もコウお母さんに出会わなかったらきっと、ヘンリーと同じようなところで戸惑っていたのかもしれない。彼と同じ状況になった時、私も彼と同じように、誰かを特別に思う気持ちを魔法のせいにするかもしれない。

彼にも、心の底から愛してくれる人が必要なのだろう。そして心から愛することができる人も。

愛の形が二人同じ形であったならそれは恋愛でもいいし、親愛でもいいし、友愛でも構わない。心から愛して、そして愛されて、きっとそのうち、彼を混乱させているこの気持ちについて、これが魔法じゃないということに気づくだろう。

……私ではだめだ。私は、たぶん、ヘンリーの求めるものを与えられない。

だから、アランはダメだと言ったのだろう。

私は気持ちを偽って彼の側にいることになる。

そうなればヘンリーも本当の気持ちに気づけない。

いつかカスタール王国を統べるはずのゲスリーが、きちんと、今自分が抱えている気持ちが『魔法』などではないということに気づくことが、この国の未来のために必要だと思えた。

だから、私は、差し出されたヘンリーの手にそっと自分の手を重ねた。

そしてそのまま下げると、少し驚き戸惑っているような表情を浮かべたヘンリーを見上げる。

「私は一緒に行かない」

「……どうして？」

「それがお互いのため、だと思う」

そう答えたけれど、それはヘンリーが納得する答えではなかったらしい。不機嫌そうに眉根を寄せる。

「一緒にも帰らないし、隷属魔法も解かない。交渉ごっこをしたいと言ったのは君だし、隷属魔法を使って私をこうしたのは君なのに、ひどいな」

少しばかり責めるような口調でそう言った。

私は何度か隷属魔法なんてかけてないと言っているけれど、やっぱり彼は受け入れられてないようだった。

おそらくまだ今は、どれほど言葉を重ねようと、彼は理解することはできないのだろう。理解しようとしていないのだから。

それなら……。

「……私は、隷属魔法を解くことはできません。でも、解く方法なら知っています」

「解く方法？」

興味を持ったようで僅かに眉が上がる。

「そう……」

私はそう言って、彼の頬を両手で包み込んだ。彼のアメジストの瞳がよく見えるように。

これから私が言う御伽噺みたいな話を信じてもらえるように。

「あなたが誰かのことを心から愛し、そしてその人からも心から愛してもらえたら、あなたにかかった魔法は解ける」

一瞬、動揺のためかヘンリーの目が見開く。

けれどそれは一瞬で、すぐに視線を逸らした。

「そんな簡単なことで、この魔法が解ける気がしない」

……何を思って簡単だと申すのだろうか、この王子は。

「あなたが思っているよりも、ずっと難しいことだと思いますけど」

そう告げてみたけれど、ヘンリーは不満そうな顔のままだ。

でも、なんだかんだ私の言葉を受け取ってくれたらしい。

彼は頬に添えられた私の手を掴むと、優しく下ろして距離をとる。

「……まあ、いいさ。どうせ今の私は魔法のせいで君に逆らえない。君がそう言うなら、それを信じるしかない」

諦観を滲ませた声でゲスリーはそう言うと、私に背を向ける。

私たちを囲んでいた砂嵐がピタリと止まり、重力の存在を遅れて思い出したみたいな感じで砂が一気に落ちてゆく。

同時に視界が砂埃に覆われて、私は目を瞑った。

目を閉じる瞬間見えたヘンリーの背中が、少し寂しそうに見えた気がした。

ゲスリーがいなくなって、砂嵐がやんだ。

そこまでは良かったんだけど……。

「げっほ、げっほ……！　あぶ、な……砂で、窒息死するかと思った……！」

思ったよりも宙に舞っていた砂の量が多かったようで、私は降りかかってきた砂であやうく生き埋めとなるところだった！　というかしばらく生き埋めになっていた！　なんとか鼻先だけは確保して、息が吸えたからよかったものの……私が死んだら、ウ・ヨーリ教徒大激怒で、内乱再発だよ!?

「リョウ、大丈夫か？」

むせる私の手を引っ張って立たせてくれたのはアランだ。

これ死ぬんじゃ？　と思いながら砂に埋もれていた私を発見してくれたのである。

ありがとう、アラン……。ほんと、いつもありがとう……。

あのまま埋もれていたら、危うく本当に死ぬところだったよ……。

「殿下は、どうしたんだ？」

「えっと、殿下はたぶん王都に向かったのかと。その……殿下の誘いは断りまして」

「断った、のか？」

良くないと言ったのはアランなのに、意外だったようで驚きの表情を浮かべていた。

「はい。やっぱりアランの言う通り、よくないと思ったので。でも、安心してください。分けられた領土の独立は許してもらえています。……そもそも、魔法にかかっていると思い込んでいる殿下は、私に逆らえないようでしたから」

ヘンリーは何かを私に要求するつもりはなかったのだろう。

でも私が、和平条約を結びたい、交渉がしたいと言ったから、王都に一緒に帰るという話をしたのだ。

今思うと、本当にヘンリーはただ純粋に、私の望みを叶えようとしてくれただけだった。

いや純粋というか、魔法にかかっていると思っているからだろうけど。

「それより、まだまだこれから、やらなくちゃいけないことが……まず、大地が割れて混乱している皆さんに、内乱が終わって独立したという話をして……」

とこれからのことを考えてまた頭が痛くなった。

独立と聞いて、最初は喜んだけれど、色々考えるとかなり大変なことになったような気がする……。

というか、親分たち平気かな？　確か、ヘンリーの魔法でどこか行って……。

今どこにいるんだろう。

彼らには責任をもって、この内乱終結のために動いてもらわねば。

「リョウ様ー！」

少し遠くから、可憐な声が聞こえてきて、私とアランはそこに顔を向けた。

「シャルちゃん！」

遠くからここまで駆けてくるのは、まぎれもなく、シャルちゃん！

「よかった、リョウ様！　ご無事だったんですね！」

そう言って、駆けてきた勢いのまま、シャルちゃんが私の胸の中へ。

それを何とか抱き留めて私も抱きしめ返す。

「シャルちゃんも……！　あれ、そういえばカイン様とアンソニー先生は？」

シャルちゃんが殿下の魔法で離脱した時、側に二人がいてくれた。

だから守ってくれるだろうと安心していたわけだけども。

「カイン様は、殿下とともに行きました」

「え、殿下って、ヘンリー殿下と？」

「はい。ここまで来る途中で殿下とお会いしたのです。それで殿下が、王都に帰るとおっしゃって、カイン様も一緒に」

「そうですか……カイン様が、ヘンリー殿下と一緒にいてくれるんですね」

なんだか、ものすごく安心してしまった。

流石フォロリストと言ったらいいのだろうか。

以前カイン様が、記憶を取り戻したゲスリーの方に行ってしまった時、自分勝手にも裏切られたような気がして悲しくなってしまったけれど、今はこれでよかったのだと思える。

ヘンリーには、カイン様が必要だ。カイン様のような人が。

案外、ゲスリーが『愛』に気づくのはそう遠い日ではないのかもしれない。

「アンソニー先生は……？」

ゾンビとなってしまったアンソニー先生は、いつもシャルちゃんの側から離れないといった感じだったけれど……。

「アンソニー先生は、もうすぐ来ますよ。ほら、あちらです」

そう言ってシャルちゃんが指さした場所には、確かにアンソニー先生がいた。

でも、何かを背負っている。何かというか、人だ。人を背負って……。あれって……。

「先生が背負っているの、テンショ……じゃなくて、陛下ですか？」

「はい。どこかに落ちたはずの陛下の身体を探してもらっていたんです」

そうこうしていると、アンソニー先生がこちらまできてテンション王をどさりと地面に転がした。

首は取れているし、見るも無残な姿だったのだけど、シャルちゃんの魔法で綺麗な状態に戻されていく。

「死体であれば、色々できるみたいで」

そう自嘲気味に答えるシャルちゃん。やっぱり腐死精霊魔法を使うのに抵抗があるのかもしれない。

「シャルちゃん、でも、一体、この、陛下の死体をどうするつもりなんですか？　その、無理して魔法を使わなくても……」

「いいえ、無理をさせてください。私が、リョウ様のためにできる数少ないことなのですから」

何か固い決意を感じられる声でシャルちゃんはそう言うと、また呪文を唱えた。

すると、先ほどはピクリとも動かなかったテンション王が立ち上がった。

服はボロボロだけど、顔つきもしっかりしている。

むしろ生きて、薬に侵されていた時よりも健康的なようにも見える。

「リョウ様……私、カスタール王国に残ろうと思います」

「え……？　カスタール王国？　あ、でも、じつは殿下にルビーフォルン領より南側の独立を許してもらったんです。だから、シャルちゃんもカスタール王国に残らなくてもいいんですよ」

「はい、知っています。先ほど殿下とお会いしたときに、伺(うかが)いました」

「え、それなら、シャルちゃんも一緒に……」

そう声をかけてみたけれど、シャルちゃんは悲しげに微笑(ほほえ)みながら軽く首を振る。

「私は、カスタール王国でやらなければならないことがあります」

「……それって……」

私は横目でテンション王を見た。

先ほどまで首なしのデロンデロンだったのに、今では彫像のように立派に立っている。

「これを使って、カスタール王国とリョウ様の新しい国を、陰ながら支えていこうと思っています」

やっぱりだ。

私はそう思って、視線を下に走らせた。

シャルちゃんの言いたいこと、わかった。

つまり、シャルちゃんは、テンション王を腐死精霊魔法で操って、カスタール王国が暴走しないように調整してくれようとしているのだ。

カスタール王国が、ルビーフォルン領とグエンナーシス領の独立を許したというのは、王国側にとって青天の霹靂（へきれき）。

だってゲスリーの力をもってすれば、絶対に勝てる戦だったのだから。

魔法使い至上主義のカスタール王国で、ゲスリーの地位は絶対のものだろうけれど、それでも不満に思う者はいる。

なにせこの戦でテンション王も亡くなっているわけだし。

そういう不満を抱く彼らは、独立国なんて許さない。きっと何かしようとしてくる。

そうなった時に、ゲスリーが果たしてそういう輩（やから）を止めてくれるかというと……そうじゃない気がする。というか、彼の行動は読めない。

でも、もし、テンション王が生きていて、そういった不安要素をつぶしてくれるのだとしたら……。

私は改めてシャルちゃんを見た。

シャルちゃんが、テンション王を操り、ある程度カスタール王国の動向を抑えてくれるというのなら、正直、助かる。助かってしまう。

でも、危険だ。

もしシャルちゃんが腐死精霊魔法を使って王を操っていると知られてしまえば、どうなるか目に見えている。

それに少なくとも、ゲスリーは、シャルちゃんの力のことを知っているんだから。

「だめです！　それは、危険すぎます！　だって、ヘンリー殿下は、王が死んだことを知っています。シャルちゃんの力のことも！　そうなったら……」

「大丈夫です。だって、私に王を操ってこのまま統治するように言ったのは、殿下なのですから」

「え？　ゲス……ヘンリー殿下が？」

「はい。その、あまり殿下は国政に興味がないようで……それで代わりにやってほしいと」

と、なんだか言いにくそうに言ったシャルちゃんの言葉を聞いて一瞬気が遠くなった。

だって、ゲスリー！　君ってやつは！

自分でテンション王殺しといて、国政は面倒だからシャルちゃんに丸投げって！

本当に君ときたら！　どこまでゲスなんだい!?　それだからゲスリーって言われるんだよ!?

心中で盛大に突っ込みながら、でも妙に納得してしまう。

ゲスリーなら言いそう。まじで、言いそう。そういえば、ゲスリーは国政にまったく興味なかったもんね。むしろ、最初にテンション王を殺した時から、シャルちゃんに操ってもらって国政してもらおうとしていたんじゃなかろうか。無駄に策士である。

自分のやりたくないことをやらないためなら、どんなゲスなことも平気でやってのけるやつなのだ。

はあああああああ。

思わず盛大なため息が漏れた。

「あの、リョウ様？」

戸惑うシャルちゃんの声。私ははははと乾いた笑いを浮かべて顔を上げる。

「すみません、本当に、ヘンリー殿下に呆れてしまって……。まあ、殿下が望んでいることでもあるということはわかりました。でも、シャルちゃんが嫌なら、私はそんなことしてほしくない」

確かに、シャルちゃんがテンション王をどうにかしてくれるのなら助かるけれども！

それとこれは別！　シャルちゃんがシャルちゃんが嫌だと思っていることをさせたくない！

そんな断固とした気持ちで告げてみたけれど、シャルちゃんは私を見返して、笑顔を浮かべてみせた。

「実は、リョウ様、私、腐死精霊魔法を使うのが、嫌か、嫌じゃないかというと、嫌ではないのです」

思ってもみない返答に、目を丸くする。

嫌じゃ、ない……？

「今まで、この力を忌避していたのは、リョウ様に嫌われるかもしれないと思っていたから。でも、リョウ様が受け入れてくれた今となっては……ただただ誇らしいのです。この力があればこそ、リョウ様に償えるのですから」

「償うって……」

償うことなんて何もないのに、何を言っているのだろうか。

「私はずっと、リョウ様に甘えてばかりでした。頼って、幻想を押し付けて、重荷を背負わせて……」

「そんなことないですよ！　私だって、シャルちゃんを頼ることありましたし……！」

「違うのです。私……リョウ様がいなくなった半年の間に、何を思っていたかわかりますか？　私は必死にリョウ様を……リョウ様の身体を探していました。リョウ様の死んだ身体さえあれば、私の力で動かすことができる。だから、せめて死体さえあればと……。い

え、もしかしたら、心の奥底では死んでいることを望んでいたのかもしれない」

「シャルちゃん……」

シャルちゃんの告白に思わず、目を見開く。

そんな私を見て、シャルちゃんが、微(かす)かに笑った。

「恐ろしいですよね？　自分でもそう思います。私は、しばらくリョウ様の側(そば)を離れた方がいいような気がするのです。リョウ様は私にとって特別で一緒にいると楽しくて……もっと一緒にいたくなる。でも、一緒にいればいるほど、私はリョウ様に依存しきって、リョウ様なくしては生きられないものになってしまいそうなのです」

「シャルちゃん私は……」

「何もおっしゃらないでください。私だって、戦争は嫌です。それを止めるために動きたい。そしてそれができる力が私にはある。だから、そうしたいのです。自分の意志で、そうしたいと思っているのも確かなのです」

そう言い切ったシャルちゃんの眼差しがとても強くて、私はもう何も言えそうになかった。

シャルちゃんがやりたいと思っていること、それを止める権利は私にはない、そう言われている気がした。

「わかりました。でも……」

でも、寂しい。シャルちゃんは、私に頼り切りでとか何とか言うけれど、私は別にそれでもよかった。一緒にいて、楽しいと思っていたのは一緒なんだから。

「危険なことだってあるはずです。やっぱり、腐死精霊魔法を使って王を操っていると知られれば、大変なことになることには変わりないのですから。だから……危ない時は、いつでもこちら側に来てくださいね」

寂しいという言葉をどうにか飲み込んで、そんなことを言う。

シャルちゃんの決意を、私の弱さで汚したくなかった。

「はい。その時は、よろしくお願いします」

にっこりと満面の笑みを浮かべたシャルちゃんが、相も変わらず可愛らしくて、ちょっぴりまた寂しさが募る。

「リョウ、誰か来たぞ。あいつら、ルビーフォルン領のやつらじゃないか？」

私とシャルちゃんの会話を静かに聞いていたアランが、ふと声を上げた。

アランが示す方角を見ると、数人の集団がこちらに向かってきているのが見えた。

あれは……反乱軍の人たち？　というかバッシュさんがいる!?　それにセキさんも！

どうやら様子を見にきてくれたようだ。

そういえば、ちょっとゆっくりしていたけど、戦中に突然大地が割れて大混乱で無理やり戦が停止した状態のままだった。

本格的に戦を沈静化しなければ……。

「バッシュさん……！」

私が名前を呼んで手を振ると、バッシュさんたちも気づいたようで遠くから手を振り返してくれた。

セキさんは風の精霊魔法が使えるから、私の声を広い範囲に届けられる。

まずは、戦争が終わったことを知らせよう。

「リョウ、俺もここでお別れだ」

そんなアランの声が聞こえてきて、これからのことで頭がいっぱいだった私は思わず振り返った。

「え、お別れ……？」

突然のことに感じられて尋ね返すと、アランが困ったように笑う。

「俺はカスタール王国に残る。王国というよりも、レインフォレスト領にいることになるだろうけど」

え……。カスタール王国に残る？　レインフォレスト領にいる？

「……実家に戻るのですか？　独立したルビーフォルンとグエンナーシス領には……」

来ないの？　という言葉はどうにか口に出さずに抑え込んだ。

よく考えたら、当たり前のことじゃないか。アランは、レインフォレスト領の次期領主だ。独立する新しい国に行くはずない。

なんで私は、当たり前のようにアランは一緒にいてくれると思っていたのだろう。

「悪いな。色々手伝ってやりたかったけど……側(そば)にいるといつまでたっても、忘れられないような気がするから」

アランは、戸惑う私を見て、悲しそうにそう言った。

忘れられないような気がするって……何を？

「アランは、何を忘れようと……」

「リョウ！　無事か⁉　いったい何があったんだ！」

アランへの問い掛けはバッシュさんによってさえぎられてしまった。

バッシュさんの方を見れば慌(あわ)てた様子で、こちらに来ている。セキさんも一緒だ。

そして一瞬にして、バッシュさんたちが引き連れていた反乱軍の兵士たちに取り囲まれた。

『ご無事で……！　よかったです！』

『ウ・ヨーリ様～！　生きておられたのですね～！』

『うおおおおおん！』

などの声が私の周りを埋め尽くす。バッシュさんが引き連れてきたのはウ・ヨーリ教徒のようだった。

心配してくれる気持ちは伝わってくる。

それにバッシュさんには、独立を許してもらえたこととかの諸々の事情を早く説明しなくてはいけない。

でも……今は、気になることがある！

「あ、バッシュさん、事情は順に説明しますけど、その……」

そう言いながら、私は先ほどまでアランがいた場所を見た。

でも、もうそこにはもうアランはいなかった。

むせび泣くウ・ヨーリ教徒の兵士たちがいるだけ。

どうにか背伸びをして、彼らの肩の向こうを覗（のぞ）くと二人の背中が見えた。

アランと、シャルちゃんの背中。

二人は、カスタール王国がある方角に向かって歩き出していた。

# 転章Ⅰ　カスタール王国を憂うシャルロット

初めて、王様の側近の方々とお会いすることになった。

私は、王の侍女として、私が操る王様の近くに侍る。

「陛下、もう体調はよろしいのでしょうか？　我らを突然招集したということは、きちんと説明してくださる気になったのでしょうね。突然、ルビーフォルン領から南の地の独立を許したと言って戻られてから、ずっと陛下は部屋に籠もりきりとなり、ヘンリー殿下も詳しくは何も教えてくださらない。……我々はいつも陛下を支えて参りました。陛下の突然のご命令やご希望にも従ってきた。ですが、流石に此度の件は、陛下のわがままで片付けるには大きすぎるかと」

カスタール王国の王を前に膝を床につき、恭しく腰を折りつつも、鋭い視線を向ける男の人がそう言った。

ここは王の謁見の間。

事前に調べた情報によれば、この方は宰相のイシュラム様。

王様の代わりに、政のほとんどの指揮を執っていた人。でも、イシュラム様が考えた政策を、王様の一言でダメにされたり、白紙にされたりと、わがままな王様に一番振り回されていた人だとも聞いた。

イシュラム様はリョウ様のことをよく思っていなかったから、リョウ様の侍女として城にいた時は敵対関係に近い間柄だったけれど、それでもリョウ様はイシュラム様を評価していた。

敵となれば厄介だけど、味方に引き込めればきっと心強い。

私は、魔法を使う。黒い腐死精霊に命じて、かの王の傀儡（かいらい）を動かすために。

「しばらく養生で時間をもらい、そなたらには不安を与えたこと謝罪しよう」

傀儡の王様は、鷹揚（おうよう）にそう語る。

私が操る王とヘンリー殿下とともに王城に戻り、まず私がしたことは城内のことを把握することだった。

戻ってすぐの対処はヘンリー殿下に任せて、体調不良を理由に私と王は部屋に引き籠（こ）もり、アンソニー先生や他の死体たちを使って、まず情報を集めさせた。

だって、私は城の内情に疎（うと）い。でも、これから、王に成り代わらなくてはいけない。

思えば、リョウ様が殿下の婚約者としてこの城に住んだ時、私も侍女として共にいたというのに、私は周りの人々や環境について知ろうとしてなかった。

リョウ様は、そういったところにも目を向けていたというのに。私はただただリョウ様に頼るばかりで、何も考えようとしてなかった……。

「しゃ、謝罪など……陛下がそのように仰せになるとは……」

一拍置いて、イシュラム様が驚き戸惑う声が聞こえてきた。

王様は今まで、薬に侵されてほとんど会話が成り立たなかったと聞いた。おそらくこうやって臣下を労うような言葉をかけることなどなかったのだと思う。

「ことのあらましはヘンリーから聞いておろうが、ルビーフォルン領から南の地の独立を許した」

「理由をお伺いしても？」

「もともと、ルビーフォルンの領地には魔法使いが生まれず、魔法の力で国を治めている我が国の負担でしかなかった」

「ですが、グエンナーシス領はそうではありません。しかも、彼の地は隣国と唯一交易ができる港を持っています。それを手放すなど……」

「隣国との交易も、時折鉱物を仕入れるのに使ってはいたが、それほど盛んではなかった。なくても国は成り立つ。それに必要であれば、独立した国と交渉して入手すれば良い」

「……随分、ご寛大ですね、陛下。あのリョウ＝ルビーフォルンにうまく丸めこまれたということでしょうか？」

「イ、イシュラム！　それはあまりにも陛下に失礼な物言いであるぞ！」

苛立(いらだ)たしげなイシュラム様の言葉に、彼の後ろに控えて膝をついていた人たちの一人がそう声を荒らげた。

声を荒らげたのは、黒髪と緑の瞳が特徴的な方。あれは、確か、アルベール様。アラン様のお祖父(じい)様だ。

「アルベール、でしゃばるな。殿下が無事に戻ってこられたとはいえ、お前の孫らが殿下に危害を加えたという疑惑は晴れていない」

「何!?　それは殿下自ら、違うと仰せになった！　それに、レインフォレスト領は先の内乱でも、王国側についたではないか！　未だに我がレインフォレスト家を愚弄(ぐろう)するか！」

「やめよ！　余の前で諍(いさか)うこと許さぬ！」

イシュラム様とアルベール様の言い争いを、王の一言で止める。

二人は、王の一喝に目を見開き驚きの表情を浮かべた後、恭(うやうや)しく頭を下げた。

「陛下の御前で、大変失礼しました。ですが、お察しいただきたい。我々は、それほどに混乱しているのです」

「わかっておる。だが、独立を許したことはすでに決した。余が弟、ヘンリーが大地まで割ったのだ。わかっておろう？　やつがそう決めたことを、そなたらが反故(ほご)にすることができると思うか？　できると思うのなら、ヘンリーが割った大地を元に戻してみよ」

王の言葉に、イシュラム様は固く唇を結ぶ。

カスタール王国は、魔法使い至上主義。王族が敬われているのは、その膨大な魔力のため。

強大な力を有するヘンリー殿下に逆らうということは、魔法使い至上主義を掲げるカスタール王国の理念すらも否定するということ。

「内乱のために、少なからず国が乱れた。まずはそれらを落ち着かせることに尽力せよ。ひとまずは王都白カラス商会のまとめ役であるジョシュアをここに呼べ」

「……リョウ＝ルビーフォルンを魔女と呼ぶことに強く反対を示した白カラス商会には、営業停止を命じ、すでに解体しています。それも陛下の命令だったかと記憶していますが」

「あれほどの組織が容易く解体できるものか。他の商会の下につくか、機を待っているか、水面下で動いているはずだ。お前とて、わかっているだろう？」

「それは……。ですが、白カラス商会のまとめ役を呼び、どうなさるおつもりですか？」

イシュラム様のお話を聞いて、後ろで侍女として控えていた私は前に出て、一通の書簡を彼に差し出した。

これは、リョウ様から頂いたもの。内乱後、リョウ様が必要かもしれないとおっしゃってシロカちゃんを飛ばして私の元に送ってくれた。

ここには、白カラス商会の譲渡に関する事柄が書かれている。

「リョウ様より頂いた契約書です。王都の白カラス商会の運営について、リョウ様は手を引いて、王都での営業についての全ての権利をジョシュア様という男性に任せると。リョウ様は、王都のことも憂えておいででした。白カラス商会がなくなれば、王都の物流や経済に大きな打撃となりましょう。それを少しでもなくしたいと仰せなのです」

そう説明している間に、イシュラム様は契約書に目を通す。

そして、下まで視線を向けると眉根を寄せた。

「確かに……」

「白カラス商会の力を借りれば、王都の混乱もすぐに収まります。かの商会は、貴族様方だけでなく庶民の方にも影響力がございますから」

「それも、そうだが……」

イシュラム様はそう呟き書簡に目を落としたままため息を漏らす。

そして、しばらくすると、その鋭い視線を私に向けた。

「ところで、貴方は何故ここに？　私の記憶が正しければ、確か、リョウ＝ルビーフォルンの侍女だったように思えますが」

「はい。ですが、今は、陛下に仕える身です」

「陛下に？　……それは本当ですか、陛下。今までの陛下の側仕えは、麗しい少年しかいなかったように思うのですが」

　今度は疑いの眼差しを陛下に送る。

　やはりイシュラム様は鋭いお方。リョウ様はいつも、こんな方々を相手にしてきたんだ。私も負けていられない。

「彼女の言葉に嘘はない」

　王様の口を借りて強い言葉でそう返すも、イシュラム様の疑惑は拭えないようで眼差しは鋭いまま。

　すると、またアルベール様が声を上げた。

「先ほどからイシュラムの発言は目に余る。何か言いたいことがあるのなら、はっきり言ったらどうだ。お前らしくもない」

　アルベール様の言葉に、イシュラム様の顔つきがより厳しいものとなった。

「私は、ただ、恐ろしいのです。これまでのこと、全てリョウ＝ルビーフォルンの手の内にあるかのようで……。それに陛下も、戻られてからというもの、まるで……」

　そこまで言ってイシュラム様は口を閉ざした。

　まるで、別人。そう言いたいのだろう。

　このまま疑われるのは危険、な気がする。もし腐死精霊魔法だと知られたら……。

「おやおや、イシュラム、まるでなんだって？」

この重い空気には不釣り合いな軽い声色。

声のした方を見れば、ワイングラスを片手に呑気な足取りでこちらにやってくるヘンリー殿下がいた。後ろには、カイン様も。

「ヘンリー殿下……何故こちらに」

「いや、兄上が表に出られると聞いてね。それよりイシュラム、我らが王に対して随分不敬じゃないか。冷静沈着な君らしくもない」

何故かおかしそうに口元に笑みさえ浮かべて殿下がそう言うと、イシュラム様の顔がますます苦虫を噛み潰したような顔になる。

「陛下のご様子が以前と随分変わられましたので……」

「確かに、変わったが……変わらないままが良かったのかな？　あの、愚かなままの兄上の方が良かったというのなら、イシュラム様は随分と変わり者だ」

そう言いながら、殿下はイシュラム様の前まで来ると、少し屈んで親しげにイシュラム様の肩に手を置く。

「我が兄は今まで病気だったのだ。それが治っただけのこと。喜びこそすれ、不安に思うことがあるだろうか？」

殿下の言葉にイシュラム様の目が僅かに開かれる。

「ご病気……？」

「イシュラムは人一倍、陛下の気質に困っていたじゃないか。それが治った。良いことだと思わないか？　それとも、病気のままの方が良かったのか？」

「そのようなこと思うわけもございません！」

「そうだろう？　良かった。なら、この話は終わりだ。良いね？」

笑顔なのに、どこか脅すような口調。イシュラム様は、少しだけ瞳を揺らす。

もしかして、殿下は私を助けてくれた？　彼の考えることはよくわからない。

戸惑うイシュラム様が何かを言う前に、また殿下が口を開いた。

「ところで、イシュラム、君には愛する人はいる？」

殿下が変なことを聞いてきた。

イシュラム様もぽかんとした顔をしている。

「愛しい……？　あ、ええ、私には、妻と子と孫が……」

と、よくわからず答えていく途中で、イシュラム様はハッとした表情を浮かべた。

顔色が一瞬にして青くなる。

「で、殿下、それはどういう意味で、しょうか……!?」

「そうか、家族というものは愛しいものなのか。うーん、しかし困ったな」

と言って、殿下は王様に目を向けると、ため息をつく。

その間にもイシュラム様の顔色がどんどん悪くなっていく……。

「ま、まさか、私の家族に何かなされるおつもりで……!?」

「身近な家族といえば、あれだし、ピンとこない」

わなわなと唇を震わせながらイシュラムさんが何かを言おうとしているけれど、当の殿下はあまり聞いていなさそうだった。

殿下は、何故かはよくわからないけれど、最近ことあるごとに『愛する人はいる?』と周りに聞いてくるようになった。

私も聞かれたからリョウ様ですと答えたら、「ああ、そういえば君も隷属魔法にかかっていたな、聞いても意味がない」と言われて鼻で笑われた。

正直イラッとした。

イシュラム様は初めて聞かれたのだろうか。問いかけられたタイミングが悪すぎて、多分イシュラム様、勘違いなさっている気がする。

これ以上反抗的な態度をとれば、家族に危害を加えるぞって脅されたと思ってそう……。

なんだか、イシュラム様が可哀想になってきた。そういえば、リョウ様も、そのようなことをおっしゃっていたかも。

風変わりな王族の補佐をされているイシュラム様は、頭は普通に切れるけれど逆に常識的すぎて可哀想だったと……。

だって、そうだよね。王様は完全に性格が変わっているし、その上、勝手に独立を許したりして……イシュラム様が不穏に思うのは当然なのに。というか、実際、不穏なことになっているのに……。

今までイシュラム様以外が、この状況に不満を言わなかったのがおかしいぐらい。

震えるイシュラム様のすぐ後ろに座していたアルベール様が、興味深そうに顔を上げた。

「そういえばイシュラム、最近曾孫が生まれたそうではないか。確か女の子だったか？うちにはまだ曾孫はいない。可愛かろうな」

「ア、アルベール……！」

呑気なアルベール様の言葉に、イシュラム様が驚愕の色を示す。何故そのことを今言うのだ、とでも言いたげな眼差しで。

おそらくアルベール様に他意はなく、普通に曾孫いいなという話をしているみたいなのだけど、今のイシュラム様は殿下に脅されていると思いこんでいる最中。

アルベール様が殿下と一緒になって脅しているように感じられている気がする。

可哀想なイシュラム様の顔色はどんどん悪くなっていて……。

アルベール様、なんてタイミングが悪いお方なのでしょう。そういえば、アラン様もちょっと空気の読めないところあったし、似てらっしゃるのね……。

「わ、私は、これまで、陛下や殿下、王家のために尽くしてきました。こうやって厳しいことを申し上げるのも全ては王家のため！」

可哀想なイシュラム様は、引き続き顔色を悪くさせながらも殿下に訴えかける。

「へえ、尽くす？」

そう言って、殿下はイシュラム様の顎に手をかけて掬い上げる。

「それって私を心の底から愛しているということか？」

「え……」

その場の時間が一瞬止まったような気がした。

先ほどまで色をなくしていたイシュラム様の頬に僅かな熱が灯る。この場にいた誰もが、顔を近づけて見つめ合う殿下とイシュラム様を見ていた。

ああ、また殿下の悪い癖が。

最近の殿下は、何故か見境なく愛について語る。殿下の甘く聞こえる言葉で再起不能になった使用人は数知れず……。

イシュラム様は最近の殿下の悪癖を知らないのか、惚けたようにして殿下を見つめていらっしゃる。

一体、私たちは何を見せられているの。

「違うのか？」

何も答えないイシュラム様に焦れたように殿下が首を傾げてそう尋ねると、頬を薔薇色に染めたイシュラム様が口を開いた。

「も、もちろん、け、敬愛……！　敬愛申し上げておりますが……！」

うわずった声でイシュラム様がそう返事をすると、殿下は顎に添えていた手を離し、立ち上がってまじまじとイシュラム様を見下ろす。

「なるほど。まあ、だが……私の方はそうでもないな」

殿下は先ほどとは打って変わって冷めた顔でそう言った。

突然突き放されたイシュラム様の頬の赤みがさっと引いていく。

ああ、やっぱりイシュラム様、最近の殿下の悪癖を知らないんですね。最近の殿下は愛を語ってその気にさせた上でああやって突き落とす。そうやって男女問わず数多の人々を再起不能にしてきた。

お可哀想なイシュラム様……。というか、あのヘンリーとかいう殿下、本当になんなのだろう。

「で、殿下……？」

縋り付くようなイシュラム様のお声。あまりにもお気の毒に感じて私は腐死精霊に命令を出す。

「ヘンリーよ、揶揄うのはやめよ」

王様にそう喋らせて、意気消沈している風のイシュラム様をこちらに向かせた。

「陛下……あの、私は……」

呆然とした風のイシュラム様に、王様は鷹揚な頷きを返す。

「そなたが王家のために忠義を尽くしていること、なによりもわかっておる」

「へ、陛下……！」

ぱあ、と表情が明るくなる。落とされてからの優しい言葉にイシュラム様の王様を見る目が変わったのを感じた。

殿下が来るまでは、イシュラム様に厳しいことを言われていたので警戒していたけれど、今ならわかる。イシュラム様は本当に、ただ純粋に王家に、国に忠誠を誓っておられる方なのだと。

だから王の異変に危機感を覚えた。そうやって、危機感を覚えてくれる方だからこそ……これからも必要な人。

「イシュラムよ、そなたはいつも正しい。病があったとはいえ、余は今までそなたを失望させてばかりであっただろう。許せとは言わぬが、これからも今まで通り仕えて欲しい」

王様の言葉に、何か感極まったのか、イシュラム様は目を見開き固まった。

そして涙を隠すように目元に手を置く。

「……申し訳ありません。陛下が病で苦しまれていたことに気づかず……。先ほどは恐れ多くも、陛下に対し疑惑を口にするなどあってはならぬことでございました。こちらこそどうか、ご容赦を」

イシュラム様の言葉に、王様がよろしく頼むとばかりに頷く。

これからは、ちゃんとイシュラム様を尊重しよう。

今まで王族にこれほどまで献身的に仕えてきたのだもの。

それに、国政を担うには知識も経験も足りない私にとって、イシュラム様は必要不可欠なお方だ。

まずは、イシュラム様の力を借りて国を落ち着かせる。

そうすることが、リョウ様への恩返しであり……巻き込んでしまった人たちへの贖罪にも、きっとつながるはず。

私は、王様の近衛騎士として側につけさせたアンソニー先生を見た。

私はアンソニー先生を葬ることができなかった。

アンソニー先生には新たな自我が生まれていて、再び死体に戻すということは、再び殺すことと同意のようなものに感じられて……。

自分の身勝手さで招いた事態をどうにかしたくて、また身勝手な思いで全てをなかったことにするのは違う気がした。

それはもちろん、王様や、他の動物たちの死体を使って作った魔物にしても同じこと。

彼らにはアンソニー先生ほどの自我はない。それでも自分の魂を分け与えて作った故の愛着がある。

だから私は、私のせいで死に損なったものたちのことを背負って生きていく。そう決めた。

私には正直、荷が重いけれど、でも、やり遂げる。

ねえ、リョウ様、見ていてくださいね。

私は、もうリョウ様に憧れているだけの女の子じゃない。これからは、リョウ様に頼り切ったりせずに、自分の力で立てるようになります。だからどうかリョウ様にのしかかる重みが少しでも軽くなりますように。

リョウ様が、本当に望んでいることを、できるように……。

私は両手を組んで祈りを捧げた。遠くにいるかけがえのない友のために。

# 第六十章　女神編　革命の後始末

あの慌ただしい内乱のようなものから、半年が経過した。

戦後、というほど戦らしい戦ではなかったけれど、一応あの時のことは、『ウ・ヨーリ革命聖戦』という名で、歴史に名を刻むことになった。今なおその後の処理で大忙しだ。

まあ、当初と比べたら、相当落ち着いたけれども。

しかし新しい国造りというのは本当に大変で、未だにバタバタしている。

そう、新しい国。

あの戦いの後、国は二つに分かれることになった。

レインフォレスト領とルビーフォルン領の境目に生まれた亀裂より南の地が「神聖ウ・ヨーリ聖国」という国として独立したのだ。

……私は、あの時、ヘンリーが差し伸べた手をとらなかった。きっと私では、ヘンリーが求めるような愛を返してあげられないと思ったから。そしてその気持ちのすれ違いは、ゆくゆく彼が治めるであろうカスタール王国に影を落としてしまう気がした。

そしてゲスリーと別れ、というかゲスリーは意外とあっさり一人でさっさと国に戻っていき、私も私で生き埋めにされそうになりつつもルビーフォルン側に戻った。

その時に、シャルちゃんとアランとも別れた。二人は、カスタール王国に行くことになったのだ。

そして私は大地が割れたりなんだりで何がなんだかわからなくて混乱している反乱軍の戦士たちをバッシュさんの力を借りて集め、精霊使いのセキ様の風の魔法で戦の終わりと国から独立したことを伝えた。

その時に起こりうる混乱や疑問の声など色々想定していたのだけど、私が想像していたようなことは起きずにみんなして私に向かって五体投地して受け入れてくれた。

その時は、色々疲れていたので『良かった！　簡単に終わった！　ラッキー！』という気持ちでいっぱいだったけれど、私の言うことを五体投地で全て受け入れる恐ろしい国をどうにかしなくちゃいけない現実に、最近の私は泣きそうな日々である。

そして今も、神聖ウ・ヨーリ聖国の首脳会議みたいな場で、私は嫌な予感がして思わず眉根を寄せる。

神聖ウ・ヨーリ聖国を運営管理している代表者たち一同が、一つの円卓に顔を並べての定例会議。

その円卓の席の一つに腰掛けているタゴサクさんが恍惚(こうこつ)の表情で目を潤(うる)ませ私を見ていた。

嫌な予感しかしない。きっとまた変なことを言いだす。

そう思ったところで、案の定タゴサクさんが挙手をした。

「タンポポより生まれし偉大なるお方、海よりも深い慈愛を持ち、この世で最も尊き存在である女神ウ・ヨーリ様に、ひとつ懇願したいことがあるのでございます」

前置きが長い。

当初はその都度、普通に呼んでくださいって注意していたけれど、今はもう改善される気配がないので諦めた。

「どのようなことですか？」

私がスルースキルを駆使して、穏やかな笑みを張り付けてそう問い返すと、タゴサクさんは相も変わらずなタゴサイックスマイルを見せてくれた。

「命をはぐくむ大地の根源であり、世の理(ことわ)全てにおいて優先されるべき絶対的な存在であるウ・ヨーリ様の奇跡を、国民は感じたいと強く願っております」

「簡潔に言うと？」

「つまり、祭典のようなものを開きたいと思っております」

タゴサクさんが意見を言い終えると、すぐさま彼の隣に居たリュウキさんが、ぱちぱちとものすごい速さで拍手をした。

「素晴らしい！　なんて素晴らしいお考えなのでしょう！　タゴサク先生！」

ものすごい勢いで賛同したのはリュウキさんだけで、会議に参加している他の人たちは冷めた目を向けるか、戸惑いの表情を浮かべるかな感じで……。

この場にいるのは、神聖ウ・ヨーリ聖国の上層部ということで、主に革命聖戦でリーダー格を担っていた人たち。

その中でも一際冷めた目で、また始まりやがったかとかいう顔をしているのが、ウ・ヨーリ聖国の国防を担う剣聖の騎士団の代表者、親分ことアレクサンダー。

今のところ内紛もなく、現在は国内見回りなど警邏の仕事が主になっている。

革命後の国というのは混乱しがちで暴動とかも頻発するのでは？　と心配していたけれど、妙な一体感があるウ・ヨーリ聖国の民度は高く、この苦しい状況においても国内のいさかいが少ない。

故に、剣聖の騎士団にはあまり仕事らしい仕事はないのだけど、働き盛りの血気盛んな若者を無駄にするのは勿体無いので、見回りの傍ら土木関係の仕事を行ってもらっていたりもする。

体を鍛えるのにもいいし、住居の建て替えは、魔法に頼らない生活をする上で、まずどうにかしなくてはならない問題の一つ。

この国の家はまだまだ魔法製がほとんどだから、下手するとゲスリーの気まぐれで崩れる恐れがある。

それだけは阻止したい。

「祭典の類は、もちろん国を営む上では必要だと思いますが、まだ時期ではないでしょう」

タゴサクさんに対して比較的温かい視線を向ける聖者のバッシュさんが、丁寧にタゴサクさんに伝える。

バッシュさんの言葉に私も大きく頷(うなず)いた。

祭典も国を営む上では必要なことだとは思う。けれど、正直今まだ独立したばかりのこの時期に祭典なんてする余裕はない。

流石(さすが)バッシュさんである。私が言いたいことを言ってくれる。バッシュさんはそれぞれの調整役というかまとめ役を担っている。カスタール王国でいえば宰相的な地位だ。

いつも私が言わんとしていることを言ってくれるバッシュさんに、内心で『さすバさすバ』と高らかに拍手をして讃える。

「バッシュ殿！　違いますぞ違いますぞ！　余裕のない今だからこその祭典なのです！　ウ・ヨーリ様の祈りの言葉で、全てが良い方向に向かうことでしょう！」

タゴサクさんは引かない。

でも、待って待ってタゴサクさん。私の祈りで全て良い方向に行くんだったら、まずタゴサクさんこの場にいないからね？　私が祈って全て思い通りになるんだったら、タゴサクさんは結構序盤のうちにフェードアウトして、そういえばそんな方いましたよねぇぐらいの立ち位置だったからね？

つまり、私の祈りは全然効かない。効いたためしがない。

私が思わず遠い目をしていると、隣の席の人がこそっと私の耳元に顔を寄せた。

いつものぴしっと決まった縦ロールが揺れる。

「ねえ、ねえ、リョウさん。前から思っていたけれど、リョウさんの周りの方って、風変わりな方が多くないかしら？　むしろ風変わりな方しかいないのでは？」

そう言って、バッシュさんに抗議の声を上げているタゴサクさんとリュウキさんを珍獣を見るような目で見たのはカテリーナ嬢。

風変わりって……。まあ、気持ちはわからなくないけど、私の周りにいる人みんな風変わりだったらもれなくカテリーナ嬢も風変わりな一味に加わるけども？

カテリーナ嬢もここでの生活が長いのだけど、未だにタゴサクさんの奇行には慣れないらしい。

気持ちはわかる。

私も慣れないもの。

ちなみにカテリーナ嬢は、ウ・ヨーリ聖国に残ってくれた数少ない魔法使いたちのまとめ役だ。

カテリーナ嬢はまだ若いけれど、もともとグエンナーシス領を治めていた伯爵家の御令嬢。魔力が強いことや、神聖ウ・ヨーリ聖国に残ってくれた魔法使いの多くは元グエンナーシス領の人たちということもあって、慕われている。

それに、つい先日のことだけど、お城で幽閉されていたカテリーナ嬢のお父様がこちらにやってきた。

地道な交渉での返還要請が通ったのだ。

カテリーナ嬢は、魔法使いたちのまとめ役を自分の父親に任せるつもりだったらしいけど、カテリーナ嬢のお父様はもう自分の時代ではないと言って断った。

それもあって昔からグエンナーシス領に仕えてきた年配の魔法使いも、カテリーナ嬢を認めるようになった。

魔法に頼らないことを目指しているこの国において、カテリーナ嬢たちの立場は少し複雑だけど、本当に上手くやってくれている。今では彼女がいないとこの国は回らないんじゃないかとさえ思える。

神聖ウ・ヨーリ聖国だって、まだまだ魔法使いの力は必要だ。

いきなり、『魔法は要らない！　解散！』となって、全部を全部、魔法なしの生活に切り替えるなんてことは現実的に不可能。

未だに魔法以外では作り方がわからないものもあるし、魔法に頼らなくてはならないものは、カテリーナ嬢たちに頼っていくことになると思う。

「まあまあタゴサクちゃんたち、落ち着いて？　別にやるなって言っているわけじゃないでしょ？　まだ時期じゃないってだけよ」

そう言って、親分の隣でクネっと腰をくねらせたのはコウお母さん。

現在は、神聖ウ・ヨーリ聖国で、生物魔法含む医療の普及に努めてくれている。

そう、実は生物魔法の一部、治癒魔法と解毒魔法について公開することにしたのだ。つまり、今まで魔法が使えないとされた人々に、使える魔法があることを知らせた。

生物魔法の存在を国民に伝えた日は本当に緊張した。

混乱してしまう部分もあるだろうけれど、これからカスタール王国と渡り合うためには、この国独自の力がどうしても必要だった。

時代の移り変わりに合わせて、力を持たない神聖ウ・ヨーリ聖国は再び辛い立場に立たされるのは目に見えている。

生物魔法の存在を知らせる時、暴動とか起きやしないか、混乱したりしないかとドギマギしたけれど、思ったよりも国民はすんなり受け入れてくれた。

何故なら大部分の人々が、ウ・ヨーリ様の奇跡の一言であっさり受け入れてくれたので。

ということで国民総信者。

それが神聖ウ・ヨーリ聖国なのである。

もちろん、そういう結果をもたらしてくれたのは、ウ・ヨーリ聖国でみごとに国教の座に収まったウ・ヨーリ教の教祖のおかげなのだけど……。

コウお母さんがタゴサクさんに忠言すると、先ほどまでバッシュさんに食ってかかっていたタゴサクさんの動きがとまる。

「おお、聖なる力を聖なるウ・ヨーリ様より与えられし、聖なる者よ」

タゴサクさんがコウお母さんを眩しそうに見てそう言った。

心なしか、コウお母さんの顔が引きつる。

「しかししかし、聖なる貴方様の言葉であろうと、ウ・ヨーリ様の祭典については、諦めるつもりはありませぬぞ。祭典はウ・ヨーリ様を讃える人々にとって、どれほどに希望になろうか！」

タゴサクはそう言って天を仰いだ。

まるで天に信仰を捧げるウ・ヨーリがいるような身振りだけど、貴方がウ・ヨーリだと思っている人、今ここにいるからね。上じゃないからね。

「はー、まったく、タゴサクちゃんは相変わらずねぇ」

と言って、コウお母さんがため息をつく。

本当に、タゴサクさんは相変わらずすぎて留まるところを知らないよ。

ちなみにタゴサクさんがコウお母さんを『聖なる人』扱いするのは、生物魔法を使えるから。

タゴサクさんたちは、生物魔法はウ・ヨーリに認められた信徒に発現する特別な力か何かだと思っている節があるので、生物魔法が多少なりとも使えるコウお母さんには一目置いているのだ。

しかも、私が生物魔法だって言ってんのに、タゴサクさんが勝手に神聖魔法と言いまわっているため、ウ・ヨーリ聖国の国民たちは、神聖魔法と呼んでいる。

タゴサク氏は信者に『信仰心を高めれば、神聖魔法が使えるのです』とおっしゃってありますが、違うからね。

勝手に設定盛らないでねって何度も忠告したのに、タゴサクのやつ……。

生物魔法については、私もまだはっきりと色々わかったわけじゃない。ただ、生物魔法は、呪文を覚えるのにかなり時間がかかる。けれど、コウお母さんは普通の人よりも生物魔法の覚えが早い。

何か適性のようなものがあるのかもしれないと、色々試した結果、治療師などの人体に精通している人たちが特に魔法の覚えが早いことに気づいた。人体の構造に関する予備知識があった方が、呪文を覚えやすい傾向にあるのだ。

なので、色々試しつつ、治療師たちを中心にまずは生物魔法を広めるという形で、今度、専門の学校を作る予定だ。

「それに、タゴサク先生、式典といえば、先日私の娘とリョウ君の、あ、リョウ女神様の兄上にあたるシュウ君の結婚式を行いました。その時に祝い事として民には多少の施しを行っていますし……」

とバッシュさんがタゴサクの奇行にめげずに説得に取り掛かる。

何を隠そう、シュウお兄ちゃんがなんと結婚した。相手はまさかのバッシュ様の娘のガラテア様である。

私の知らないところでシュウ兄ちゃんとガラテア様は恋人関係になってて、この度見事にゴールイン。

とてもびっくりした。だって、ガラテア様って確かリュウキ様と婚約していたはずだったから……。まあ、リュウキ様との婚約って、魔法使いを領主にしなくちゃいけない国の掟(おきて)のために設定された婚約者だったから、独立した今となってはもう意味のない婚約だ。だから、シュウ兄ちゃんとガラテア様がお互い好き合って結婚した今の方が自然で、みんなにとって幸せなのだと思う。

婚約破棄された側であるはずのリュウキ様も、全然気にしてないし。

ただ、本当にシュウ兄ちゃんでいいの？　とガラテア様に問いただしたい……。なにせ、シュウ兄ちゃんときたら、私が結界の中に入って半年間行方不明の間に、ルーディルさんにそそのかされて自分の髪を切って売っていたのだ。

シュウ兄ちゃんと私は、血のつながった兄妹なだけあって髪の色が酷似している。

ルーディルさんはシュウ兄ちゃんの長い襟足部分の髪の毛を掲げて、私の髪の毛だと主張し、『ウ・ヨーリ様は王族に殺された！　この無残にも切られた髪の毛がその証拠だ！』と声高にアピールしたのである。

ウ・ヨーリ教徒の多くが、私が死んだと思い込んだのは、シュウ兄ちゃんの髪の毛のせいもある。

シュウ兄ちゃんが安易に髪の毛を売りさえしなければ……。

そんなやらかしまくりの兄で、大丈夫なのだろうか。シュウ兄ちゃんにするぐらいなら、マル兄ちゃんの方がおすすめだよ。ガリガリ村を出てから一回も会ってないけれども。とにかく私、ガラテア様が心配です。

「それとこれとはまた別でありますぞ！　私は絶対に譲れませぬ！　祭典を開き、ウ・ヨーリ様を讃えることで、これからの安寧を祈願するべきでありますぞ!!」

感極まったタゴサクさんが、バッシュ様の声に耳も貸さず、未だに『式典をしたいですぞ！』と抗議の声を上げる。

彼のお陰で、新しい国造りがしやすい部分はかなりあるのだけど、しにくい部分も無視できないのである。

「リョウ殿、そろそろ……」

後ろから、こそこそっとそう声を掛けられた。アズールさんだ。

アズールさんは、親分が統括している剣聖の騎士団とは別枠で、私の護衛として側にいてくれる。タゴサクさん曰く、『神の守り手』と呼ばれる存在で……。

神の守り手って、流石に中二が過ぎるのではと訂正しようとしたことは何度もあるが、いつも通りタゴサク氏は私の話を聞いてくれず、何よりアズールさんがまんざらでもないようだったのでそのままとなった。

アズールさんがいいなら、良いけどさ。

ああ、そんなことよりそろそろ荒ぶるタゴサクさんを鎮めなければ……。

アズールさんの先ほどの「そろそろ……」というのは、タゴサクさんを止めた方がいいのでは？　というそろそろだ。

はああああとため息つきたいのを抑えて、私は重い口を開いた。

「タゴサクさん、いつか必ず祭典を開くことはお約束します。ですが、バッシュさんの言う通り、まだ時期ではありません。少し様子を見ていただけますか？」

私がそう声をかけると、ピタリとタゴサクさんの動きが止まった。

そして深々と頭をさげる。

「おお、我が全て、偉大なる貴きお方よ。貴方のおっしゃることは全てが是。仰せのままに」

と言って静かになった。恍惚の表情で私を見る。

やめて、そんな顔で見ないで。辛い現実を思い出すから。

私が今、どういう立場でいるのかという、辛い現実を……。

「流石は神聖ウ・ヨーリ聖国の首領だな。よく手なずけている。なあ、女神様よ」

横から親分のヤジが飛ぶ。

私は、面白そうにこちらを見て笑っている親分をジロリと睨みつけた。

親分め、また、面白がってる！　私が、私が、今、この国で……『女神』をやってることを笑ってる!!

そう、悲しいことに、現在の私の職業は、神聖ウ・ヨーリ聖国を導く女神様ということになっている。

王とか、調整役とか、代表とかでなく……女神。職業、女神って……。

私が睨みつけても親分は全然気にしないので、私はあきらめて窓の外を見た。

白い雲が青空の中のんびり浮いている。

私、お空にぷかぷか浮いている雲になりたい……。

私が、女神になったのは神聖ウ・ヨーリ聖国を樹立した時。その時この国は、王国制度を廃止したのだ。

でも、リーダーとして国を導く人は必要で、だから誰をトップに据えるかというのが問題になった。

けれど、あの独立戦争の中心人物だった親分は、首謀者だったくせに嫌だというし、バッシュさんは荷が重いと言うし、タゴサクさんは『何を言っておられるのか、あなた様よりも上の存在があるわけないでしょうご冗談を。ウヨリアンジョークですかな？　ＨＡＨＡＨＡ！』みたいな顔して笑うのみ。

あれよあれよという間に担ぎ上げられた。

そして私自身もこの新しい国の混乱を抑えるには、ウ・ヨーリだと思われている私が治めるのが一番早いと、私の気持ちはどうあれわかってはいたので、渋々引き受けざるを得なかった。

でも、ずっとじゃない、ずっとじゃないからね！

私は心の中で、これからの自分のライフステージについて考える。

いつか、この国が安定したら、こんな国逃げ出してやる！

しかし、そんな日はいつ来るのだろうか……。頭が痛い。

そうして頭の痛い代表会議が終わると、私はカテリーナ嬢とサロメ嬢だけを自室に呼んだ。

「わざわざ来てもらってすみません。シャルちゃんからお二人にもお手紙が」

そう言って、それぞれの宛名が書かれた手紙を二人に渡す。

「まあ、シャルロットさんから？　ありがとう」

そう言って二人は手紙を読み始めた。

私も改めて、シャルちゃんからの手紙を読みなおす。

親愛なるリョウ様

お元気ですか。きっと大変なことが多くてリョウ様のことだから無理をいっぱいしてそうで、心配です。

王都では少しだけ風が冷たくなってきました。リョウ様もくれぐれもご自愛くださいね。

最近私は、学校の行事で行った法力流し(ほうりき)のことを思い出します。

このぐらい、少し冷たい風が吹く時期でしたね。

ウサギを土に返した私の魔法を前にして、誰もが汚らわしいものを見るような目で私を見た時、リョウ様だけはキラキラと優しい目で私のことを見てくれました。

それから、お酒造りを始めて……。

リョウ様と出会ってからの日々は本当にいつも楽しいことばかりで、私は思い出すたびに懐かしさでなぜか少し泣いてしまいそうになるんです。

あの時は、いつまでもいつまでもずっと、リョウ様の側にいられたらいいと思っていました。

今、こうやってリョウ様と離れてみて、本当に寂しいけれど、私はきっとリョウ様の側にいると全部全部リョウ様に捧げて頼り切ってしまいそうなので……きっとこれでよかったのだと思います。

寂しい気持ちは変わらないですけれど……。

それにリョウ様は信じられないかもしれないですけれど、ここでは意外と私はしっかりやっているんですよ。

これからも私は自分でできることをやってみたいと思います。

だから、リョウ様もご自身のしたいことを優先してみてくださいね。

あなたの永遠の友人シャルロットより

「シャルロットさん、このままカスタール王国に残ってくれるのね。寂しいけれど、正直助かるわ。落ち着いてきているとはいえ、神聖ウ・ヨーリ聖国の内政に集中できるのは、シャルロットさんが陛下を抑えてくれているからだもの」

カテリーナ嬢の呟きには寂しさと、ほんのすこしの安堵があった。

二人に宛てた手紙にも、私に宛てた手紙と同じように近況を書いていたらしい。

現在シャルちゃんは、カスタール王国でテンション王の亡骸を操り続けてくれている。

この革命戦争後の混乱を最小限に抑えるために、しばらく陛下を操って国を治めるとシャルちゃん自身が提案してきたこと。

私は複雑な思いもあって、止めたのだけれど、シャルちゃんの決意は固くて……。

ちなみに、シャルちゃんの操るテンション王は、なんといっても中身がシャルちゃんになったので、評判は宮殿内外から軒並み上がっているらしい。

ヘンリーは王位にはほとんど興味がなく、シャルちゃんが操る陛下を前にしても何も口出しをしてこないとか。

とはいえ、そんな危険なことに身を投じるシャルちゃんの苦労は底知れず、神聖ウ・ヨーリ聖国が落ち着いたらやっぱり戻ってきてほしい……。

しかしこの手紙の感じから察するに、まだしばらくはカスタール王国にとどまるつもりなのだろうか。

シャルちゃんは前、重荷を背負わせたとか言っていたけれど、私は全然そんな風に思ってない。

いつもシャルちゃんは私の心の支えだった。

幻想を押し付けたと言っていたけれど、私はそうやって信じてくれたことが心地よくて、むしろ救われたように感じることもあった……。

もしかしたら、いつでも私のことを信じてくれるシャルちゃんに依存していたのは私の方なのかも。

「もうちょっと国内が落ち着けば呼び戻せるんですけどね……」

私が、そう呟くと、サロメ嬢が首を振った。

「声をかけても戻ってこないわよ。きっと。彼女は結構頑固なところがあるもの。……この手紙の通りの気持ちなら、自分なりに何かけじめをつけない限りは戻ってこないと思うわ」

サロメ嬢がそう言って、私の肩に手を置いた。

寂しいと感じている私を励ますように笑顔を向けてくれる。

「そうですね……。シャルちゃんはすごく芯のしっかりした人でした」

シャルちゃんがカスタール王国に残ると決めるまでにだって、きっとシャルちゃんなりの葛藤がたくさんあったはずだ。

サロメ嬢の言う通り、シャルちゃんがシャルちゃんなりに考えて決めたこと。

今はシャルちゃんの覚悟を友人として素直に応援するべきなのかもしれない。

寂しいけれど……。

「そういえば、アランさんからはあのあと便りは来たの？」

カテリーナ嬢に違う話題を振られて私はうっと眉根を寄せる。

「……まだです」

アランとは最後に別れたあの時以来、実は会えていない。

しかも私から何回かお手紙を送ってみたのだが、返事すら来ないのだ。

アランはカスタール王国側に行くと言ってお別れした。

側にいると忘れられないからと言って。最初言われたときはよくわからなかったけれど、今はなんとなくわかってきた。

「アランは、多分、私からの手紙を全部捨てているような気がします。私、アランにすごくひどいことしたから……」

私には、アランをだまして魔法をかけて眠らせようとした前科がある。

それなのに、アランは、私を助けるために自分の体を傷つけてまで駆けつけてくれた。

そう駆けつけてくれたのだ。

でも、やっぱりアランはすごく怒っていて……。

別れ際にアランは、『側にいると忘れられないから』と言っていた。それって多分私と一緒にいたら、私が生物魔法でむりやり眠らせた怒りを忘れられそうにないからということなんじゃないだろうか。

「アランは私のこと、怒っているんです。きっともう手紙すら見たくないほどに……」

「いや、絶対、アラン様に限ってそんなことないと思うんだけど」

サロメ嬢が力強く言うけれど、これは流石に私の考えの方が正しいと思う。

だって、アランとの付き合いも、私の方が長いし。

と思っていたのだけどカテリーナ嬢もサロメ嬢に同意を示した。

「私もサロメに賛成よ。そもそもアランさんがリョウさんの手紙を処分できるはずないじゃない。リョウさんから手紙が届いたら、まず手紙に傷がつかないように加工して、百回は読み返した上で、リョウさんにもらった手紙の十倍の分量で返事をしたためたらすぐに早馬で送ってくるわよ、きっと。あとついでに言うと、リョウさんからの手紙は毎日枕の下に忍ばせて、朝起きたらまずその手紙にキスを落とすぐらいの日々を送るはずよ」

いや、それはないでしょ。後半の話とか、アラン、ただのやばいやつじゃん。

私はそれはないないとすぐに否定したけれど、サロメ嬢はうんうん頷いて「やりそう」と同意した。

いやいやいや、二人のアラン像どうなってんの？

それにだいたい……。

「実際に、お手紙の返事来ないんですよ？　絶対怒ってる……」

間違いなく、怒ってる。というか怒って当然だし。

お手紙でも、ひたすら謝ってはいるのだけど、流石にそれだけでは許してもらえるわけもない……。いや、そもそも読んでもいないか……。

どうしよう。ネガティブな気持ちが止まらない。

最近、こうやって気分が落ち込んだ時、あの時アランが差し出してくれた手を思い出す。

一緒に、隣の国に行って逃げようと言ってくれたアランの手を。

そして考えてしまう。あの手をとっていたら、今頃どうなっていただろうかと。

アランと二人で過ごす知らない国での日々……。

きっと楽しいだろうと思って夢見心地な気分に一瞬なれるけれど、すぐに現実に戻ってそれが叶わなかった夢だと知って、悲しくなるのだ。

そんなことの繰り返し。


「うーん、でも確かにアランさんが、返事をよこさないのはリョウさんだけなのよね……」


カテリーナ嬢があごに手を添えて難しそうに言うと、サロメ嬢が頷(うなず)いた。

返事のないアランの身に、もしかして何かあったのかなって心配した時もあったけれど、アランはレインフォレスト領で変わりなくアイリーンさんの手伝いをしながら過ごしているらしい。

というのも、カテリーナ嬢やサロメ嬢がアランに手紙を送ると返事が来るのだ。つまり、私にだけ返事がないということである。

「まさか、リョウさんがアランさんに振られる日が来ようとはね」

「本当ねぇ」

二人から不穏な会話が聞こえてきて私は慌てて首を振った。

「なっ！　まだ、まだ振られた訳ではないですっ！」

返事は確かに来ないけども！　というか、そもそも告白もしてないけども!?　だから、別に振られたわけじゃあ、ない、はず……。

……いや振られたのと同じ、かも。

こんなふうに会えないなら、おんなじ。

もしかして、もうこのままずっと会うこともないのかな……。

もう会えないのは、嫌だな。だって、なんだかすごく、寂しい……。

結局、何日経っても、何度手紙を送っても、アランからの手紙の返答はなかった。

私はひたすら仕事に没頭する。

今日も執務室で、書類に目を通していると、紅茶の香ばしい香りが漂ってきた。

思わず顔を上げると、ティーカップを持ったコウお母さんがいた。

「コウお母さん、来ていたんですか……」

ぼうっとしてそう言うと、コウお母さんが困ったように笑う。

「リョウちゃん、最近根を詰めすぎじゃない？」

そう言って、紅茶の入ったカップを私のデスクに置いた。

「……やることが一杯で」

そう言って私はカップから立ち上がる湯気と香りを胸いっぱいに吸い込んだ。そして、ゆっくり吐き出す。

あー癒やされる。体がほぐれてゆくのがわかる。

「昼食も、手をつけてないみたいね。あんまり無理してはダメよ。リョウちゃんが倒れちゃう」

デスクの脇を見ながらコウお母さんがそう言った。

そこには昼食と言って渡された卵と葉野菜のサンドイッチが、手つかずで置かれている。

食べるの、忘れていた……。

「そうですね……。つい没頭してしまって。……食べます」

そう言って、サンドイッチを掴む。

少しパンの表面が固くなってしまった。結構長いことここに置きっぱなしだったから、仕方ない。

もそもそとサンドイッチを食べていると、コウお母さんがデスクの前に椅子を置いてそ

こに座った。

「もしかして、じっとしていると、思い出しちゃう？」

コウお母さんにそう言われて、もそもそサンドイッチを食べる私の手が止まる。

だって、図星だったから。

コウお母さんは、『何を』思い出すとまではハッキリは言わなかったけれど、きっと全てお見通し。

最近の私は、じっとしていると……アランのことを思い出してしまう。そして思い出すと悲しくなるから、思い出さないように仕事で忘れようとしている。

だって、ずっとアランから便りが来ない。

口の中で咀嚼（そしゃく）したサンドイッチを苦い気持ちと一緒にごくんとどうにか飲み込んだ。

「私、アランにひどいこと、したんです。だから、アランに嫌われるのも当たり前だって、わかってはいるんですけど……」

気持ちが追いつかない。

もし、あの時、アランの手をとっていたら、どうなっていただろう。そのことばかり考えてしまう。

「アラン君のことだから、何かの行き違いってこともあり得る気もするけどねぇ……。けど、そんなに気になるなら、会いに行けばいいじゃない？　レインフォレスト領まで、そんなに遠くないでしょう？」

「それは、そうですけど、でも、数日はここを離れることになります。流石に、何日も不在にはできません」

「だいじょーぶよう！　いないならいないでなんとかなるものよ。アタシもバッシュもアレクだっているし、中身はあれだけどタゴサクちゃんだって、頼りになるし」

「それは、そうかもしれないですけど……」

「アラン君に会うのが怖い？」

　なんでもお見通しなコウお母さんの言葉に私はハッとして顔を上げる。

　そう、怖い。

　もし、アランに会いに行って面と向かって拒否されたら、流石の私ももう立ち直れない気がする……。

「でもね、くよくよ考えているより、はっきりさせちゃった方が良いってアタシは思うわよ。それに、伝えたい言葉があるなら、ちゃんと伝えないとずっと後悔は残る」

「コウお母さん……」

　確かに、そうだ。

　ずっと悩んで、後悔して……そんなの、嫌だ。あーでも、そう思うのに、どうも踏ん切りがつかない……！　私ってやつはいつからこんなにうじうじキャラになってしまったのか。けど、やっぱり怖いんだもん。

頭では、はっきりさせた方が良いってわかっているのに、気持ちが追いつかない。

だって、アランに冷たくされたらって思えば思うほど、怖い気持ちが私の心を占領する。

たぶん、私にとって、アランは特別で、特別だから……拒否されることが余計に怖い。

私、いつの間に、こんなにアランに甘えていたのだろう。

ずっと、側にいたから……ううん、アランがずっと側にいてくれたから、側にいてくれるのが当たり前で、自分の気持ちに気づけなかった。

「入るぞ、リョウ。定期報告に来た」

そうぶっきらぼうな調子で言って執務室に親分が入ってきた。

そして、私と一緒にいるコウお母さんを見るなり、うわ、と言って眉を顰めた。

踵を返して立ち去ろうとする親分の腕を、未だかつてない素早さで忍び寄ったコウお母さんが掴む。

「あーん、アレクったら、せっかく来たのにどこに行こうっていうのー？」

「コウキ……」

舌打ちしそうな勢いの親分に、コウお母さんは怯むこともなく自分の腕を絡める。

親分の動きは完全に封じられた。

今まで、あんまり気にしたことなかったけれど、コウお母さんメンタル強くない？

親分に粗雑に扱われても、へこたれないそのメンタルに私は脱帽した。

アランに冷たく対応されたらどうしようとかくよくよ悩んでいた己が心底アホらしく思えてきたぞ……。

ああ、それより、親分の報告聞かなくちゃ。

「それで、定期報告に来たんですよね？　手に持っているのが、報告書ですか？」

私がそう話を振ると、コウお母さんの腕を引き剥がそうとして、引き剥がせずにいた親分がこちらを向いた。

「ああ、そうだ。それと、落ち着いたから、しばらく留守にしたい」

と言う親分から報告書をもらって簡単に目を通す。

○月■日、晴れ。
今日も、平和だった。

昨日も平和だったし、多分明日も平和だろう。

下のやつらは勝手に色々頑張っているし、俺のやることは特にない。

○月▲日　だいたい晴れ。
10日ぶりの日報だ。

ここずっと平和なため特に問題なし。若いやつらが家を建てていた。

あいつらすごいな。

一番力を入れたのは、壁にウ・ヨーリの姿を彫ることだとか。

そこはそこまで力入れなくて良いだろって言ったら、睨(にら)まれた。

あいつら怖いな。

○月○日　雨。
騎士団の規律を騎士団のやつらが勝手に作っていた。

ウ・ヨーリ様に恥じない人間が基準らしいが、かなり厳格なんだが。

ウ・ヨーリに背くような行いをしたら腹を自分で切るらしい。

自分で自分の腹を切るって……蛮族かよ。それとウ・ヨーリに背く行為ってなんだ。おおまかすぎだろ。

俺もそれに合わせないとならないのか？　憂鬱だ。

他にも色々規則作っていたが、覚えるのが面倒で放置した。

まあ騎士団の士気は高いので、問題なし。


いやいやいやいや、報告書っていうか、日記じゃん！

しかも毎日つけてすらいない！

あと、騎士団に変な団中法度が蔓延しそうになっているの止めてくれる⁉⁉⁉

「親分！　これじゃダメですよ！　ちゃんとまとめてください！」

「わかってんだろ？　俺はこういうのは苦手なんだ」

苦手にも程があるよ！

「好き嫌い言っている場合じゃないんですよ！」

だいたいね、そういうことするのが嫌なら、反乱とかやめてもらえる⁉　もうね、君たちのせいだからね！　こんなに大変なの！　君たちがヒャッハーしなかったらカスタール王国は、ゆっくりと変わっていく予定だったんだからね！

私はふんすふんすと鼻息を荒らげて腕を組んだ。そしていやそうな顔をしている親分の顔を睨む。

だめ、親分得意の怖そうな顔をしたってもうビビらないぞ。

「んじゃ、俺の代わりに別のやつを騎士団長にすりゃあいい」

なんて無責任な！

私の怒りが伝わったのか、コウお母さんが渋い顔をした。

「なんだかんだ言って抜ける気ね？　ダメよ、アレク。あんたにはやることがいっぱいあるのよ。あんたが起こした戦争の後片付けに、その後片付けを頑張っているバッシュの補佐に、アタシとの温かな家庭作り」

「……最後のやつはいらねぇだろ」

「一番必要よーう！」

そう言って、コウお母さんはぷりぷり怒った。

そうだそうだ！　親分にはやることがたくさんある！

しかし親分は私とコウお母さんの猛抗議に屈さない。

「だが、実際、俺がいなくてもこの国は成り立つだろ？　今までは俺についてきた若いやつらも、最近はウ・ヨーリがどうとかタゴサクがどうとか、そればっかりで俺の話なんて聞きやしねえし」

親分を慕って集まっていた人たちにもタゴサクの魔の手が……!?

い、いやだからって、親分が投げ出す理由にはならない、うん……。

親分が少々かわいそうではあるけれども。

「知ってるか？　この前なんてよ、クワマルのやつも、ウ・ヨーリの御神体とか言って木彫りの人形持ってたんだぞ。それ持ってると金運が上がるとか言ってよ……」

クワマルの兄貴！！！！

クワマルの兄貴がタゴサクダークサイドに堕(お)ちている！

でも、クワマルの兄貴は正直、乗せられやすいところはあったからな……。

「それに、ガイのやつも、タゴサクの取り巻きの言葉を信じて、タンポポ茶とかいうの飲み始めてるしな」

「タゴサクさんの取り巻きの言葉？」

「確か……『これを飲んだらウ・ヨーリ様の力で筋肉がついて女性にモテました』とかいう謳(うた)い文句だったな」
ガ、ガイさーん……！
そんな一昔前の雑誌の巻末に載ってそうな広告みたいなのにノセられて！　無口系大男のガイさんは、ほら、純粋だから……。

親分の口から語られる現在の剣聖の騎士団の現状に気が遠くなった。

思わずため息をついた私に、親分が「つまりよ……」と話を続ける。

なんだ、まだ何かあるの？　もう私の精神力は限界よ……。

「俺がいなくても、なんとかなるんだ。今までは確かに、俺が柱になってやってきた。だが、仲間たちは目的を果たしてそれぞれ違うところに目を向け始めている。俺はよ、やつらにとって目的地に立つ旗みたいなもんだった。その目的地についたら、もう旗はいらねえ。それぞれがそこで好きなようにするべきだ」

「親分……」

思わず息を呑んだ。

確かに、親分の言うことは正しいのかもしれない。

親分の報告書はマジで雑だった。親分も、あまり騎士団のことを把握しきれてないのだと思う。

だけど、今のところ騎士団に問題行動を起こす人も見かけないし、ちゃんとまとまっているように見える。

つまり、親分がいなくてもやっていけてるってことなのだろう。

でもそれって……。

「親分が、自由になりたくてわざとそう仕向けていたりしませんか？」

疑惑の眼差しで親分を見ると、うっと言葉に詰まった親分が、誤魔化すように斜め上を見た。

目は口ほどにものを言うとはまさにこのこと！

「親分……もっともらしいことを言って騎士団長の任を解かれたいだけですよね？　もしかしてルーディルさんを探しにいくおつもりですか？」

私が苦々しい気持ちでそう問うと、親分はむっつりとした顔を私に向ける。

そして親分は、多分無意識に自分の脇腹を触った。

そこはヘンリーを刺そうとしたルーディルさんを、親分が体を張って止めた時にできた傷がある。親分は生物魔法での治療を拒否したので、傷跡は残したままだ。

「……あいつは、何をしでかすかわからねぇからな」

それは確かにそうだけど……。

親分の言葉に、ルーディルさんがいなくなった時のことを思い出す。

半狂乱状態のルーディルさんを親分が止めて、その後ヘンリーの起こした砂嵐の魔法で私たちはバラバラになった。

そして砂嵐がおさまった時には、もうルーディルさんの姿はなかったのだ。

あれから半年が経過した今となっても、彼がどこにいるのかわからない。ついでにあの美しすぎる王様の小姓のラジャラスさんも消えた。二人とも、どこかへ行ってしまった。

今のところ手がかりもなくて、もしかしたら死んでいる、のかもしれない……。

それを親分が見つけ出したいと思う気持ちはわかる。

けど……流石に親分に急に抜けられるのは困る。

「新しい国がうまくやっていけるかどうか、今は大事な時です。親分は抜けても平気と言いますが、急に抜けられれば困る部分も必ず出てきます。正直、今はルーディルさんを探すよりも優先させなくてはいけないことがたくさんあるんです」

私がそう言うと、親分はポリポリ頭をかいた。

「やっと再会するのが、怖いのか？　まだあいつにされたことを許せないか？」

親分にそう言われて、私は眉根を寄せた。

別に、怒っているとか許せないとか、そういう話じゃない。

……でも、確かにルーディルさんに会うのは怖いけど。だけど、それは親分が抜ける話とはまた別だ！

「話をすり替えないでください！　私はルーディルさんのこととは別に、親分が勝手に出ていかれたら困るって話をしているんです！」

「すりかえたわけじゃねえが、まあ、すりかえたようなもんか。だが、いい機会だから言っておくがな、お前を害そうとした奴はルーディルだけじゃねえ。俺も目的のためにお前を利用しようとした。わかってんだろ？」

親分にそう言われて私は思わず口を噤んだ。

私を薬漬けにしようとしたのはルーディルさんの独断だったけれど、ウ・ヨーリ教を利用して私を内乱に巻き込んだことは、親分も承知の上だと聞いた。

正直、それについては少し、いやかなり傷ついたけれど、親分ならやりかねないからしょうがないなぁと思ってなんやかんや許してしまう私がいる。

我ながら馬鹿だと思うけれど、やっぱり親分は私にとって特別だから。

まあ、だからこそ、かなり傷ついたんですけどね!!

「知っていますし、私は親分のこと十分怒っていますよ！　許してないのでこれからガンガンこき使う予定なんです！」

素直に許していると言うのがなんだか悔しくてそう言うと、親分がにやりと笑う。

「ははあ、なるほど、そういう魂胆で俺を縛り付けるわけか。なら、しょうがねえな。しばらくはここにいてやるがよ。それにしても度量の狭いやつになったもんだ。周りのやつらが言うような女神様とは程遠い」

と言ってさらにククと笑う親分に、目を吊り上げた。

いやいやいやいや、結構私心広いよね⁉　なんだかんだで親分罰してないんだからね⁉　私の心が広くなかったら、親分いまごろ、けちょんけちょんのぎっちょんぎっちょんだよ⁉

「だがよ、一つ言っておく。俺がさっき言ったように、俺がいなくてもきっとこの国はなんとかなる。そして、それはお前もそうだ。お前一人いなくなったとしても、それで急にダメになるとは決まってねぇ。むしろお前が消えてすぐ駄目になるような国なら、さっさとつぶしちまった方がいい」

まっすぐ、私の目を射抜くように親分はそう言うと、ふっと表情を和らげた。

「だからよ、お前もしたいことがあるんなら、してもいいんだ。誰もお前を縛ってない。お前を縛っているのは、お前自身だ」

その言葉にハッとして目を見開くと、親分は背を向けた。

話はもうこれで終わりだとでも言いたげに片手を上げて去っていった。

「ほーんと、アレクって素直じゃないわよね。こんな回りくどい言い方しかできないなんて。でもそこが好き」

コウお母さんの明るい声が耳に入る。

もしかして親分、私にレインフォレスト領に行きたいなら行けって言っているのかな……。

『お前を縛っているのは、お前自身だ』

確かに、そうかもしれない。

私があの時、アランに隣の国に逃げようと言われた時、別に誰にも行くななんて言われてない。私が、私自身が、そうしなくてはいけないと思って、テンション王のもとに向かった。

後悔は、してない。してないけど。

いや、アランのことでくよくよ悩んでいるのって後悔しているってことなのかな……。

私は親分が伝えようとしていたことを、何度も何度も反芻していた。

親分にもコウ母さんにも背中を押されたというのに、私というやつは結局動けないでいた。

親分は、私がいなくなっても大丈夫だって言うけれど、大丈夫な気がしないっていうか……。

いやだって、毎日毎日、ウ・ヨーリの信者対応に、ウ・ヨーリを崇める方々のフォローに、ウ・ヨーリ大好きな国民へのサービス……！

この国はウ・ヨーリをよりどころにして、まとまっている。

それなのに、ウ・ヨーリである私が、突然抜けたら大暴走待ったなしなのでは!?

アランに会う数日ぐらいなら平気かな、と思ったりもしたけれど、国民のウ・ヨーリに対する熱すぎる信仰心を鑑みるに、数日でも危うい気がする。

いや、その数日のうちに、ウ・ヨーリ様が奪われた！　ウ・ヨーリ様を返せ！　とか明後日の方向に考えがめぐってレインフォレスト領に突撃してくるかもしれない……。

そんなことになればまたウ・ヨーリ戦争が勃発する……。

……こうなってくると、今の状況相当危うくないだろうか。私がいなくなったら、戦争待ったなしな状況をこのままなあなあにするのも良くない。だから、ここは、腹を括って……前少し思いついたことを実行に移した方がいいのかもしれない。それで、自由になってアランに……いや、いやいやいや。やっぱり……怖い。

それにそれに、手紙を送っても返事をしてくれないアランにわざわざ会いに行って、彼はなんて思うだろう。

ウ・ヨーリ問題を置いて会いに行った上に、『お前の顔なんか見たくない』とか言われたらもう私再起不能な気がする……。

「リョウさん！　すごく珍しいお客様が来ているわよ！」

「……ってリョウさん机に突っ伏して何しているの？　眠いの？」

デスクに突っ伏して嘆いていた私のもとに、カテリーナ嬢とサロメ嬢がやってきた。

のそっと顔だけ上げる。

「別に眠いわけではないんですけど」

「あー、またアランさんのこと考えていたのね？」

カテリーナ嬢が呆れたようにそう言って腕を組んだ。

「……まあそんなところですけど」

何か文句あるだろうか。別にやることはやっているのだからいいじゃないか！

「ふふ、そんなリョウさんに朗報よ。さっき珍しいお客様が来ているって言ったでしょ？　誰だと思う？」

「え!?　まさか、アラン……!?」

「それは違うけど」

違うのかい！　この流れは完全にアランだったじゃん！

「でも、アランさんに近しい方よ。アランさんの兄上のカインさん」

「ええ!?　カイン様が!?」

思わずデスクに手を置いて立ち上がる。

手紙でやり取りは続けていたけれど、実際に会うのはかなり久しぶりだ。

カイン様はゲスリーと一緒に王国側についた。それからずっとゲスリーの近衛として仕えている。

そんなカイン様が何故ここに……。

「リョウさんに会いたいと言って、今は客間で待たせているけど、どうする？」

「……！　もちろん、今すぐに行きます！」

私は即答した。

そうして客間に入ると、王国騎士の格好をしたカイン様がいた。

相変わらず華麗で、優雅に私に会釈をする。本当に、どこかの国の王子様みたいだ。

ゲスリーと立場を交換してくれたらきっとみんな幸せなのに。

「突然のことで申し訳ない。リョウに一刻も早く伝えたいことがあって……」

とカイン様は深刻そうに話を切り出した。

一刻も早くってなるとやっぱり、ゲスリーのこと？

大人しくしているという噂だったけれど、とうとう己の欲望を我慢できずに早速ゲスいことでもし始めたのだろうか……。

私が身構えていると、カイン様が口を開いた。

「アランが、出奔したんだ！」

「……!?　ええ!?　アランが出奔!?」

ゲスリーじゃなくてアランの話!?　というか、出奔って……家出ってこと!?

「な、何故ですか……!?」

「それが……身内の話で、情けないのだが……その、母上が、リョウがアランに宛てた手紙やアランがリョウに送ろうとした手紙を処分していたんだ」

カイン様のその言葉に思わず目を見開いた。

「先日、殿下から暇を頂き久しぶりに実家に帰省したのだが、その時にリョウの話になって、私がリョウからもらった手紙の話をしたら、アランの顔色が変わって『俺は一つも返事がない』と言って……」

「い、いや、私、何通も手紙送っていますよ！　あ、そうか、アイリーン様が手紙を処分したから……」

「そうなんだ。私はリョウに限ってアランにだけ手紙を書かないなんておかしいと思って、それで母上を問い詰めたら母上が手紙を燃やしていたことがわかったんだ」

「な、なんで、アイリーン様、そんなことを!?」

「アランの気持ちに気づいたからだと、思う。それに、アランにはそろそろ婚約者を付けようと、母上は躍起になっていたから……」

ええ!?　つまり、アランがほかの女性と文通するのは良くないと処分したってこと!?

「それで当然アランは怒ったのだけど、その時母上が、リョウからの手紙に『アランの顔も見たくないほど嫌い』だとか、『臭すぎてムリ』とか、『生理的に受け付けない』とか、そういうひどいことばかり書かれていたから見せられなかったと言って……」

「いやいやいやいや、そんなこと書いていませんよ！」

「だろうね。私は、すぐに母上が嘘をついたのだとわかったのだけど、アランは……真に受けたみたいなんだ」

「……まさか、それで出奔を？」

私が尋ねると、カイン様は悲しげな顔をして頷いた。

アランー!!　こんなに付き合い長いんだから、私がそんなこと書くわけないってわかるでしょ!?

私は心の中で絶叫した。

だって、そんなこと書くわけないじゃん！　アランのばか！　もっと私のこと信じてくれてもいいじゃないか！

「普段のアランなら、そんな話鵜呑みにしなかったのだろうけど、リョウとずっと連絡が取れずにいたことや、その、リョウとの以前のやりとりのことが、気にかかっていたようで。詳しくは聞いてないのだが、結構ひどい振られ方だったとか……？　一度持ち上げて落とすみたいな感じの……。結婚に同意した後に、背後から切りかかるみたいな……」

カイン様が窺うようにそう言って、私は眩暈がした。

それって、アランと一緒に逃げるって答えたあとに、眠らせたこと!?

しましたー！　そのような非道の行い、しましたー！

アランから私を信じる心を奪ったのは、私だった!!　ごめんアラン！　本当にその節は申し訳ありませんでした!!

私はその場で、ウ・ヨーリ教徒のように五体投地でアラン神に許しを請いたくなったが、何とか踏みとどまった。

そんなことしても、アラン神はきっとお許しにならない……。

「話は全て、聞かせてもらったわ！」

私が後悔で押しつぶされそうになっていると、突然、強気な声が聞こえた。

顔を上げると、扉をバーンと開いたカテリーナ嬢と、意味ありげに微笑むサロメ嬢がいた。

「やっぱりね！　アランさんのことだからそんなことだと思った！　あのアランさんが、リョウさんを嫌うわけないもの！　あのアランさんだしね！」

カテリーナ嬢が得意げにそう言うと、隣に立っていたサロメ嬢もうんうんと頷く。

「どんなにリョウさんに相手にされてなくても、あれだけずっと想い続けてきたもの。そ

う簡単に吹っ切れるはずないと思っていたわ」

二人して何か納得した風だけども、もしかして聞き耳を立てていたということだろうか？

さっき『全て聞かせてもらったわ！』とか高らかに宣言していたし。

私は疑いの眼差しを向ける。

「お二人とも、扉の前で聞き耳立てていたんですか？」

呆れたようにそう言うと、カテリーナ嬢はふんぞり返った。

「それはそうよ。友人の一大事だもの。立てる耳は立てさせてもらうわ。当然よ」

盗み聞きしていたとは思えないほど堂々とした佇まいである。

「というかリョウさんも、そんな落ち着いている場合ではないでしょう？　アラン様は傷心で出奔。そんな彼の心を慰めることができるのは、貴方しかいないのよ？」

「えっ⁉　私っ⁉」

サロメ嬢にとんでもないことを言われたような気がして、声が思わず上ずる。

アランを慰めるって……いや、でも……確かにアランの心に傷をつけてしまったのは私なので、そこは責任をとった方がいいかもしれない……。で、でも、アランは私を許してくれるだろうか。今さらのこのこやってきて、ごめんなさいで済む話だろうか……。

私がむむと思い悩んでいると、ぴとりと眉間のあたりに冷たい何かが当たった。

顔を上げると困ったように微笑むカイン様が、私の眉間に人差し指を当てている。冷たく感じたのは、カイン様の指だ。

「カ、カイン様……？」

「リョウ……そんな難しく考えなくてもいい。アランはアランで、好きなようにしている。出奔したのだってそうだ。だから、リョウもリョウで好きなようにしていいんだ」

そう言って、どこか呆れたように笑うカイン様。

私がうだうだと考え始めていたことはカイン様にはお見通しだったらしい。

「カイン様……」

「そうそう、リョウさんは難しく考えすぎよ。たまには何も考えずに本能のまま動いてみなさいよ」

カテリーナ嬢がつんと顎を上げてそう言った。

「そうそう。というか、最近のリョウさん、見てられないのよ」

「え？　見てられない？」

私がどういう意味だろうと首を傾げると、サロメ嬢が呆れたようにため息をついた。

「最近、鏡見ている？」

「鏡？　それは女子として当然……」

見ている、と言うつもりだったのだか、記憶をたどってみても最近鏡を見た記憶がないことに気づいた。

あれ、鏡、見てたっけ？　朝起きて、顔を洗って……いや、朝顔すら洗えてない時もあったかも。いやそもそも寝てない時もあって……。

私はごくりと唾を飲みこんで、懐から手鏡を取り出した。

そしてそれを覗き込むと……。

「う、嘘……！　髪とか、ぼさぼさ……!?　お肌も荒れている……！」

今までコウお母さんのご指導のもとに手入れをしていた自慢の金髪と、つるつるのお肌が見るも無残な姿に変わっていた。

髪に艶なんてものはなく、寝癖は当たり前のぼさぼさだ。お肌も、カサカサで艶がない上に、目の下にはひどい隈が……。

「やっぱり気づいてなかったのね。リョウさん、働きすぎなのよ！」

未だに鏡に映った自分の姿が信じられなくて愕然としている私に、カテリーナ嬢がびしっと人差し指を向けてそう宣言した。

「働きすぎ……」

確かにそうかもしれない。

ちょっと暇があるとアランのこと考えて憂鬱になるから、とりあえず仕事をしていて、しかも仕事もたくさんあるからずっと没頭していた。

コウお母さんが何度か止めようとしてくれていたけれど、私は大丈夫ですよーとか笑って言っていて……。

いや、全然大丈夫じゃないじゃないか!!

「アラン様の出奔はちょうどよい機会だわ。アラン様を捜しに行くついでにちょっと体を休めなさい。良い気分転換にもなるし……だいたい、リョウさんが思いつめている原因って、ウ・ヨーリ聖国のことじゃなくて、ほぼアラン様のことが気がかりだからでしょ？」

サロメ嬢にズバリ指摘されて、何も言えない。

まさしくその通り。

「ということで、騎士カイン、とっても良い情報をくれてありがとう。アランさんのことはリョウさんがどうにかするから、貴方はもう安心して国に帰っていただいて結構よ」

カテリーナ嬢がそう言うと、カイン様はふふとかすかに頬を緩める。

「そのようだね。……アランのことはリョウに任せるのが一番だ」

「わかってくれて良かったわ。それでは私たち、リョウさんのお出かけの準備をするから、出ますわね」

「ええ!?　いや、待ってください！　準備って……いやそもそも私まだ行くなんて……」

「つべこべ言わずにたまには親友の言うことを聞いたらどうなの!?　リョウさんが強情なのは知っているけれど、私の方がずっと強情なの、貴方わかっているでしょ!?」

カテリーナ嬢の強気な瞳に見つめられて、思わず口を噤んだ。

カテリーナ嬢の目が言っている。もう反論しても無駄であると。

救いを求めてサロメ嬢を見ると、彼女もふふんと微笑んだ。

「そんな目で見たって駄目よ。私もカテリーナと同じ意見。リョウさんは少しここを離れた方がいい。これはいい機会だわ」

「えっと、でも……」

「往生際が悪くてよ！　これから忙しくなるわ！　まずアランさんがどこに向かったのか情報を集めないと……風の精霊を使えばなんとかなるはず。そしてリョウさんがしばらくいなくても大丈夫なように根回しもしないとね……」

「カテリーナ様、それは私が……」

やると言おうとしたら、二人に睨まれた。

「リョウさんは逃げずにここにいて、私たちの準備が終わり次第、アランさんを捜しに行くの！　それだけ考えていて！」

カテリーナ嬢は語気荒くそう言うと、『全く忙しくなるわ！』とか言いながらサロメ嬢と連れ立って部屋から出ていった。

あまりの剣幕に反論も挟めない。

いや、反論挟んだところで、全て却下されたわけだけども。

「リョウの周りは、相変わらずだね。皆に愛されている」

そう言ってカイン様は、私を見つめた。

アランと同じエメラルドの瞳は、どこまでも綺麗で、吸い込まれそうになった。

私が何も言えないでいると、カイン様がさらに口を開く。

「私もリョウに惹かれていた。だが、アランほどまっすぐな想いは持てなかった。リョウは気づいていたと思うけれど……」

カイン様はそう言って私に視線を向ける。

その眼差しが色っぽくて思わずどきりとした。

ドキドキで言葉に詰まる私に気づかず、カイン様は続ける。

「あの時リョウにキスをしたのも、好きだと言ったのも、アランに当てつけたい気持ちがあったからだ」

後悔が滲むような悲しげな声色で、カイン様がそう言った。私は思わず目を見開く。

そしてカイン様が言った『あの時』のことを思い出した。

カイン様が、ずっと隠していた想い……非魔法使いであることへの不満を口にした時、カイン様は私にキスをした。

その時、なんとなく、カイン様は私のことが好きだからそうしたわけじゃないと思ったけれど、どうやらそれは当たっていたらしい。

「なんでも全てを持っているアランを、ただただ傷つけたくて、そうした。我ながらひどい兄だと思う。だが君もアランも、あんなことされたのに、私を許した。正直、逆に恐ろしかったよ。……理想を壊した私を、二人はきっと怒るだろうと思っていたからね」

自嘲の笑みを浮かべるカイン様に、私はハッと息をのむ。

違う！　怒るわけない！

「怒るなんて……！　そもそも、私がカイン様を頼りすぎていたというか……！　甘えすぎていたというか！　カイン様は優しい人で、それは変わらないというか！　あ、もちろん、それも理想を押し付けているなんて言われたら、あれなんですけど！　でも、私が、私が言いたいのは、私もアランも、カイン様を嫌いになることはないってことです！」

必死にそう訴える私を、カイン様が何とも言えない顔で見てくる。

私の気持ちが伝わればいいのだけど、と思わず握った拳に力が入る。

しばらくすると、カイン様は、クッと少し噴き出すように笑った。

「リョウ、必死すぎるよ。ふふ、君が心を乱しているのを見ると、やっぱり面白いな」

ちょっと意地悪に笑うカイン様が、そう言った。

私は思わず目を見開く。

皆の理想を演じていたカイン様なら、きっとこんな顔しなかった。きっとこれがカイン様の本来の姿なんだ。今のカイン様は、すごく自由な感じがする。

というか、これはこれでいいというか、なんだろう。一皮剥けたカイン様の色気が正直凄まじい。

カイン様の色気に思わず息をのんでいると、カイン様は色気ダダ漏れ状態で、笑みを深めた。

そして私の額のあたりに手をかざす……。

まさか頭を撫でてくれる？　それとも頭ぽんぽん!?　やだ、ちょっとときめいちゃう。だめよ、リョウ！　貴方にはアランがいるでしょう!?

私が少女漫画の主人公のようにドキドキしていると、バチンと額で盛大な音が鳴った。

能天気にもドキドキイベントにソワソワしていた私に活を入れるが如く、カイン様がデコピンをしてきた。

「いたっ！　な、何するんですか!?」

しかもなんちゃってデコピンじゃなくて、結構普通に痛いやつ！

私はおでこに手を当ててガードすると、カイン様がいたずらっ子みたいな笑みを見せる。

「いや、なんか、あの時のことを思い出したら無性に腹が立って……」

「あの時……？」

「私がリョウにキスをした時だよ」

……？　え？　なんでそこで腹が立つの？　むしろ突然唇奪われた私が腹立つんじゃないの⁉　どういうこと⁉

「どうして、カイン様が怒るんですか⁉」

「だって、リョウ、私に唇奪われた後普通にけろっとしているから。流石にあれはショックだったな。未来の結婚相手に申し訳ないとか？　ははは、私の未来の結婚相手が自分だという可能性をちらりとも思わなかったのかな？　とか色々考えたよね」

「そ、それは、だって、さっきカイン様だってご自身で言っていたじゃないですか！　あれはアランへの当てつけだって！」

私はひりひりするおでこを押さえながら、カイン様を恨めしげに睨む。

そんな私を見ながら、カイン様はどこか悲しそうに微笑んだ。

「でも、全部が全部、そうじゃない。リョウのことを……女性として惹かれていた気持ちもあった」

セクシーなカイン様の唇からこぼれたこれまた強烈な言葉に私の頭がくらくらした。

やめて、私の恋愛スキルでは対応できそうにない……！

私は恥ずかしくなって顔を伏せる。

「そ、そんなこと、言われても……」

「困るって？　困るとわかっていたから言ったんだ。この先、リョウがアランとうまくいってもいかなくても、リョウがいつか、私を振ったことを後悔してくれたらいいなと思ってね」

先ほどまでとは違うちょっと意地悪な言い方に顔を上げると、想像した通り意地悪そうに片頬でにやりと微笑（ほほえ）むカイン様がいた。

カ、カ、カ、カイン様ったら、こんな顔するの⁉

「カイン様、性格がヘンリー殿下に似てきたのでは⁉」

「そうかな？　けど、前のよりかはしっくり来ているのだけど」

そう言ったカイン様の笑顔が晴れやかで、恨み言を言った私も確かにしっくり来ていると思った。

何よりこの余裕に満ちた男の笑顔の破壊力といったら……！　確かに私、カイン様の言う通り、いつかカイン様を振ったこと、後悔しそうなんだけど……。だってこんないい男……。

い、いやいや、落ちつけ私！　さっきまでアランのことで頭一杯だったじゃないか。私ってやつは……！　カイン様のセクシー口撃にいちいち戸惑っている場合じゃない！　恋愛をしたことないような小娘でもあるまいし……いや、恋愛経験の乏（とぼ）しい小娘そのものだったわ……。そこに偽りなしだわ。

「では、私はもう伝えることは伝えたから、戻るよ。……アランにあれだけひどいことをした私が言うのもあれだが、弟のこと、悪いようにしないでほしい。やっぱりアランは、私にとって、特別であることに変わりがないんだ」

カイン様が困ったように笑ってそう言った。

その瞳の奥に、昔から変わらない優しい光を宿していた。

アラン出奔の知らせを聞いた数日後、アランは現在とんでもないところにいることがわかった。

「アランが、船を使って隣の国に？」

私が繰り返してそう確認すると、カテリーナ嬢は頷いた。

「らしいわ。小さな帆船を購入したらしいの。アランさんなら風魔法が使えるから、船を操縦することもできるわ」

カテリーナ嬢が深刻そうにそう報告してくれた。

アランが隣国に。

アランが、私に隣の国に一緒に逃げようと誘ってくれた時のことを思い出した。

まっすぐな瞳で、死なせたくないと言って、自分が側にいられなくてもいいからと、私の幸せだけを考えてくれたアラン。

私は、あの時アランと一緒に隣国で過ごす日々を夢想した。そうできたらどんなにいいだろうかと、焦がれた。

二人で行くはずだった隣国に、アランがいる。アランだけが。

胸がきゅっと締め付けられる。

魔法で眠らせたアランに、全て片付いたら一緒に隣国に行こうと、行きたいと言った私の言葉に嘘はない。

「よりにもよって面倒なところに行ったわね。隣国となると、探しに行くのも結構手間よ。リョウさんの不在の期間、数日ですまないかもしれない。いえ、確実にすまないわね。もしかしたら一ヶ月、いえ、もっとかかるかも」

サロメ嬢も暗い声でそう言った。

二人は、私がアランを探しに行く間、どうにか国が安定できるように色々と取りはからってくれている。

だが、アランが隣国に行ったのは想定外だったようだ。数日の私の不在には対応できたけれど、数ヶ月となるとやはりつらいだろう。

特にタゴサクさんあたりが、大暴れし始める気がする。

「リョウちゃん、どうする？」

カテリーナ嬢たちの報告を一緒に聞いてくれたコウお母さんが、そう問いかけた。

どうする……。

どうしようか……。

私はそれをずっと考えていた。

アランが出奔した、と聞いた時から。いや、アランと連絡が取れないと悲しんでいた時から……ちがう、もしかしたら、アランが、私に隣の国に逃げようと言ってくれた時からかもしれない。

ずっとずっと考えて、そして私の思考はいつも最後にあの答えにたどり着く。

「あら、リョウちゃんの心はもう決まっているみたいね」

コウお母さんが誇らしそうにそう言った。

私が顔を上げると、その誇らしそうな声とは反対に、少し寂しそうなコウお母さんの微笑みが目に入る。

ああ、本当に、コウお母さんはなんでもお見通しだ。

私がこれからやろうとしていることに気づいている。だから、あんな寂しそうに笑うんだ。

そんな顔を見たら、少しだけ決意が鈍った。けれど、鈍っただけ。

私の答えは変わらない。

「はい。私、決めました。私は……」

そうして、私は私が決めたことを話した。

◆

ひらひらと真っ白な布地を何枚も重ねたような重い衣装に身を包んだ私は、目の前のたくさんの国民たちに向けて、ゆっくりと右手を上げた。

「こんにちは、神聖ウ・ヨーリ聖国の国民の皆さま。私は、ウ・ヨーリ。人々を安寧に導く者」

私が厳かな感じでそう言うと、『ウ・ヨーリさまあ！』と、咽(むせ)び泣く国民たちの声が響き渡る。

誰も彼もが地面に伏して、私を拝み涙を流している。

中には『尊い』と書かれた団扇(うちわ)のような形状のものを持つ者もいた。その『尊い』の文字が私によく見えるように、大きく腕を振るう。

他にも、『ウ・ヨーリ様ご尊顔くださいませ』みたいな旗を掲げている輩(やから)もいたので、ご要望にお応えして見つめて微笑(ほほえ)むというファンサを返す。

彼らはたちどころに失神した。

相変わらず熱狂ぶりがすごいのだが……。

今日は、タゴサクさん念願のウ・ヨーリ様を讃える式典だ。その名も『尊きウ・ヨーリ様神聖感謝祭』という。

みんなに反対されていたけれど、私が賛成したことで勢いづいたタゴサクどんの強行で実行されるに至った。

信者たちの反応に怖気付きそうになったけれど私は気を取り直して前を向く。この後はウ・ヨーリ様のありがたいスピーチのコーナーだ。

ちなみにスピーチの内容はタゴサクどんが全て考えてくれた。

つまりタゴサクどんが考えた『僕の考えた最強のウ・ヨーリ様』の言葉を、私が読み上げるかたちである。

最初見た時は正直顔がひきつったが、私は甘んじて受け入れた。もう私は覚悟を決めたのだ。

私、神になる。

このタゴサクさんの理想のウ・ヨーリ様そのものになると決めたのだ。

私はスッと息を吸った。

私の声は、精霊使いの魔法のおかげで風に乗って遠くの地まで届くらしい。

この場にいない人たちにも、きっと私の声が届く。

ウ・ヨーリ教徒は私が何か話し始めるのを敏感に察知したようで、途端にシーンと静まり返った。

ありがたいお言葉を今か今かと待ち侘(わ)びているのがわかる。

ウ・ヨーリは本当に大変だ。これだけの期待を一身に引き受けているのだから。

どこか人ごとのようにそう思って、私は口を開いた。

「我は、この世を憐れみ、タンポポから生まれ出た」

「タンポポ！　タンポポ！」

なんか声援というか掛け声みたいなのを国民の皆さん揃(そろ)って言うので、思わず一瞬言葉を失う。

あ、なんかこういう相槌(あいづち)が打たれる感じなの？

タゴサクさんを見てみると満足そうに頷(うなず)いている。

この相槌、もしかしてタゴサクさんに仕込まれている？

なんか嫌な予感がしたけれど、それでもどうにか気を取り直して先を続ける。

「尊きこの身は」

『尊い！　尊い！　尊すぎ！』

「人々に平和と幸福を与えるため」

『与えんと！』

「この世に生を受け」

『生を受け！』

「人々に手を伸ばす」

『伸ばされた！』

や、や、やや、やりづれぇぇぇ。

なんか言葉の合間合間に相槌だけならまだしも、キレッキレのダンスのような動きまでしている……。これ完全にタゴサクさんの仕込みでしょ!?　一糸乱れぬ教徒たちのキレのある動き……！　いつの間にここまでの訓練を!?

私はチラリとタゴサクさんを睨んでみるが、彼は目に涙を浮かべて嗚咽していた……。どうやら国民の相槌&キレキレダンスは努力の甲斐あっての大満足の出来らしい。

ふー……。

もう乗りかかった船だ。

私は前を向く。

「我々の前には常に困難が待ち受け」

『待ち受けた！』

「善良な者にこそ過酷な試練が強いられる」

『強いられた！』

「我が手を伸ばした時には、救えなかった命もあった」

『でもでもそれでもありがとー！』

……いやいやいやそれはノリが軽すぎない⁉　諸々気になったが、私は鋼の精神で無視を決め込む。というかもう無視するしかない。気にしたら負けだ。

「我は宣言する。我を信じる者に幸福を」

『幸福を！』

「我についてくる者に安らぎの道を」

『安らぎを！』

「我を求める者に限りのない救いの手を」

『とりたいとりたいその手をとりたい！』

「辛き時代を知る者よ、真の貧しさを知る者よ」

『はい！　はい！　はい！』

「汝(なんじ)らが我が想いを望む時、我も汝らの幸いを望んでいる」

『望んでいる！』

「我は辛い時も喜ぶべき時も、永遠に汝らの心の中に！」

『ウ・ヨーリ様は永遠にー！』

そう言って国民たちは大合唱すると五体投地をして私を讃えた。

ここまで乱れない動き。誠にあっぱれ。

完全にタゴサクさんの仕込みだろうけど、私が気づかぬうちにここまで仕上げたのだと思うと、もう素直に尊敬する。君たちは本当にすごい。

ふー。ここまではタゴサクさんの作った台本通り事が進んだ。

国民の反応には驚かされたけれども。

……いよいよだ。

これから起こることを思うと、心臓がすごい勢いでバクバク鳴った。

でも、やる。やってやる。もう決めたのだから。

私は舞台袖に目を向ける。そこにはバッシュさんの奥様であり、炎の精霊使いであるグローリア様がいた。

彼女は私の視線を受け止めて頷(うなず)くと、呪文を唱える。

ボッと私の着ている衣の裾に炎が灯った。

……きた。

灯った炎は地面についた裾を一周するようにして燃え広がった。

私はそれを認めて顔を上げる。

突然炎に囲まれた私に気づいた国民たちが目を見開いて驚いている。

「悲しみに打ちひしがれ泣き暮らす者たちよ。憎しみに抗(あらが)えず悶(もだ)え苦しむ者たちよ。我の声に耳を傾けよ」

国民たちは、突然の炎に驚愕しながらも、はっとしたような表情をでこちらを見た。

「我はこれより、汝らが抱える悲しみと憎しみをこの身に背負って天に返す」

炎の熱を感じながら、私はよどみなく決めていたセリフを吐く。

「悲しみを身近に感じた時、空を見上げよ。陽の光、星の煌めき、雲の流れの中に汝らを思う我がいる」

国民の中には、ウ・ヨーリ様が燃えている！　と騒ぎ出す者が出てきた。

だが私は言葉を続ける。

「憎しみにその身を焦がす時、大地を見よ。道端の小さな石、青々と茂る草、止めどなく流れる川に汝らを思う我がいる」

微動だにしない私がつらつらそう言うと、国民たちも私の雰囲気にのまれたかのように静かになり始めた。

「悲しみや憎しみは、我とともに。そしてそれらは我の体と魂と共に天に返す」

炎がゆっくりと私の周りに広がってゆく。

火の熱で顔が熱い。

もうそろそろ限界だ。締めなくては。

「たとえ体が燃え尽きようとも我は不滅。汝らが我を想う時、我も汝らを思っている。

ウ・ヨーリを讃えよ！　さすれば汝らに幸多からん!!」

宣言と同時に、とうとう全身が炎に包まれた。

ああ、意外とあっという間だ。

でも後悔はない。ちゃんとやり遂げた。

今日までこの国は、ウ・ヨーリっていう絶対的な存在の上に成り立っていた。

けれど、いつまでも私が女神なんていう超自然的な存在に納まっていられるわけがない。

私だって失敗するし、みんなの望みを全て叶えられるかと言えばそうじゃない。

ウ・ヨーリは絶対的な存在ではないのだと、そのうち国民は気づく。

そうなれば、ウ・ヨーリという存在をよりどころにしている今の国は、あっけなく崩壊するだろう。

だから、その前に私はこの国から消える必要があるのだ。

ウ・ヨーリ教徒のざわめき、タゴサクさんの叫び声が聞こえる。

顎が外れそうなぐらいに口をあんぐり開けて私を見るタゴサクさん。

ふふふ、良い気分だ。

あのタゴサクさんにあんな顔させることができたのだから。

◆

炎は舞台の上のものを全て燃やし尽くし、やがて延焼することなく消えた。

残ったのは灰だけで、その残った灰はタゴサクさんが泣きながら集めたとのことだった。

ウ・ヨーリが、国民のためにこの世の全ての悲しみと憎しみを背負って天に昇った日は、のちに聖ウ・ヨーリ昇天日と命名されて国民がウ・ヨーリのために祈る日となった。

# 転章Ⅱ　リッツの決意

久しぶりに王都に帰ってきた。

王城の仕事に就いているユーヤ様のツテを頼って、僕も王城で働くことが決まっている。

ユーヤ様はアランの従兄弟の精霊使いで、結界が崩壊して魔物が学園に攻めてきた時に親しくなった人。

最初は少し苦手だったけれど、最終的にはすごく頼りになる人だとわかった。

例の内乱の時だって、リョウ嬢を魔女と見做した王家に不満を抱く若い魔法使いたちを、ユーヤ様が取りまとめてくれて、そして今も王城で政務の仕事に就いている。

城は内乱終結後もまだ混乱している。

カスタール王国の貴族の中には、あの内乱の結果に不満を抱く「純魔法使い至上派」と呼ばれる派閥と、独立国家神聖ウ・ヨーリ聖国を尊重する「親ウ・ヨーリ派」と呼ばれる派閥がある。

ユーヤ様はその親ウ・ヨーリ派の一人。ユーヤ様のツテで王都に来た僕ももちろんその派閥に入る。

若い魔法使いは親ウ・ヨーリ派が多いけれど、ほとんどの魔法使いは純魔法使い至上派だ。派閥の勢力としては到底敵わないだろうけど、意外なことに国の頂点である陛下自身が親ウ・ヨーリ派だ。だからこそ、対抗できている。

内乱終結後、陛下は変わったとユーヤ様は言っていた。

とても穏やかになったとか。あの陛下が親ウ・ヨーリ派ってだけでも信じられない、と思う気持ちがある。

それに気になるのは……いつも陛下の側（そば）にいるというシャルロットのこと。

正直、僕は、貴族の派閥争いにはあまり興味がない。王都に来たのも、ユーヤ先輩を頼みに城の仕事を紹介してもらったのも、全ては……。

「リッツ様ー！　見てくださいよ！　これ！　可愛くないですか？」

物思いに耽（ふけ）りながら歩いていると、後ろから声をかけられた。

振り返ると、背中に白い翼のようなものを生やしたクリス君がいた。よく見るとその白い翼のようなものは作り物で、紐（ひも）のようなもので縛って背中に固定させているだけのものだ。

クリス君は、内乱終結後も王国騎士の一人として務めている。

それで王都についたばかりの僕に、王城までの案内を任されて迎えに来てくれたのだ。

「クリス君、それ、どうしたの？」

するとにこりと笑って横を指さした。

「あそこの売店のお姉さんにもらったんです。『約束された勝利の女神様』グッズだそうです。その名も『白カラスの翼』！　見ててくださいね、ここ引っ張ると羽がパタパタするんですよ！」

そう言うと、肩のあたりから出ている紐を引っ張って、翼をパタパタと動かした。

改めてクリス君を見ると、白い翼だけでなく、左肩にはポップコーンがたくさん入った籠を掛けているし、右手には飲み物的なものを持っている。

そして、ね？　可愛いですよね？　としきりに確認してくるクリス君。

うん、確かに、可愛い。可愛いけれど……。

「クリス君、僕、遊びにきたわけじゃなくてね……」

「もちろん、遊びにきたわけじゃないですけど、でも、こんなお祭りになっているんですから楽しまないと！」

そう言って、クリス君はポップコーンを食べた。

クリス君ていつも楽しそうでいいな。でも、確かに、王都がまさかこんなことになっているなんて……。

改めてあたりを見渡す。

至るところに出店が出ていて、活気がある。

出店の多くには、白カラス商会の紋が刻まれている。行き交う人々の多くは笑顔を浮かべ、クリス君のように背中に翼をつけている人ばかりだ。

今王都は女神様昇天記念祭の真っ只中。

一時期、リョウ嬢が魔女と貶められ内乱が起こった時に、白カラス商会は営業休止を余儀なくされた。

白カラス商会は、すでに王都になくてはならない大きな商会。それが営業休止に追い込まれて、王都の活気は一気に落ち込み、それに合わせて治安も悪化。

でも、勝敗の行方はどうであれ、内乱が終わった。

加えて、白カラス商会の営業も再開。

白カラス商会の商会長として広く知られていたリョウ嬢の汚名も陛下自ら撤回した。

そうして徐々に日常を取り戻していったのだ。

そして今、こんなお祭り騒ぎになっている原因は……神聖ウ・ヨーリ聖国で女神のように崇め奉られて国を治めていたウ・ヨーリことリョウ嬢が、その身を燃やし、本当の女神に昇華したという話が元になっている。

リョウ嬢は事前に王都の白カラス商会にそのことを伝えていたようで、リョウ嬢が女神に昇華した日より白カラス商会が女神昇天記念祭を始めた。

リョウ嬢が女神に昇華するために身を焼いたということは、王都でも慕われていた白カラス商会の創設者が死んだのと同じ意味だ。

凶事とも取れそうなその出来事を、女神に昇華した祝い事だと祭を起こしてまで主張することで、王都の人たちは混乱することなくその事実を明るく受け止めた。

リョウ嬢は本当に抜け目がない。

そうして王都では、女神昇天記念祭で連日賑わっているわけで、この明るい雰囲気に浮かれてしまうクリス君の気持ちはわかる。わかるけれど……。

「僕は早くシャルのところに行きたいんだよ」

僕が王都に戻って、面倒そうな派閥争いにだって乗り込む気になったのは、シャルのためだ。

陛下の側仕えを始めたというシャルを、支えたくて……。シャルは変に思い詰めるところがあるから。

「そんなに急がなくても、シャルロット様は逃げないと思いますよ？」

「それは、そうだけど……ただ、早く会いたいんだ……」

思わずこぼれた本音に、呑気にポップコーンを口にしていたクリス君が目を見開いて固まった。

「……え？　リッツ様ってもしかして……シャルロット様のこと好きなんですか？」

いや、そんなまっすぐ聞かれると恥ずかしいんだけど……。

「そ、そうだけど。そんなに意外だったかな？」

「意外っていうか……シャルロット様って、ほら、リョウ師匠一筋って感じで……他は眼中にありません！　みたいな感じじゃないですか」

クリス君が痛いところついてきた……。そんなにはっきり言わなくても……。

「それは、わかっているけど……でも、だからと言って諦められるような気持ちじゃないから。それに……何もしなかったら後悔するだろうし」

と答えながら、アランの顔が浮かぶ。僕の不器用な親友の顔。

アランは、いつでもまっすぐだった。無理だとみんなが思うことだって、無理だからと諦めたりしない。

「ははあ、さては、アラン様に感化されましたね？」

僕が考えていたことを見透かしたかのように、クリス君はそう言って笑みを浮かべた。

僕もその笑顔に釣られつつ頷く。

「やっぱり！　まあ、気持ちはわかりますよ。だって、あのリョウ師匠にアラン様の思いが伝わっただけじゃなくて、リョウ師匠の行動すら変えたんですからね！」

どこか、自慢げに答えるクリス君がおかしい。でもその誇らしい気持ちが僕にもわかる。

リョウ嬢が女神に昇華するために燃えたなんて、僕たちは信じてない。

リョウ嬢は生きている。

じゃあなんで、燃えて死んだということにしたのか。

彼女との付き合いがそれなりにあった僕やクリス君はピンときた。

それはきっと、隣国へと行ってしまったアランを追いかけるためだ。そのために、リョウ嬢はあらゆるものを捨てた。それはもちろんリョウ嬢にとって、しがらみと言えるようなものだけでなく、リョウ嬢が今まで大切にしてきた縁も。

彼女は、良いものも悪いものも全部捨ててアランを追いかけていったんだ。

少なくとも、僕とクリス君はそう確信している。

今までアランの一途な思いを間近で見てきた僕は、リョウ嬢が女神に昇華したという荒唐無稽な話を聞いて、思わず泣いてしまった。

アランの思いが届いたことが、本当に嬉しかったから。

人一番責任感が強くて、全部を全部背負い込みがちなあのリョウ嬢が、背負った荷を下ろしてくれた。自らかけていた枷を外してくれた。そうさせたアランの想いが、誇らしい。

そして、それと同時に気持ちを後押しされた気がした。

次はお前の番だろって、アランに言われたような気がして……。

それで、ここまで来た。ここまで。

シャルは、内乱のあたりから少し変わった。

一人で思い詰めているような表情をすることが多くなった。そのことに気づいていたのに、僕はちゃんと踏み込めなかった。

「クリス君、僕ね、本気で頑張ってみようと思うんだ」

今まで、どこか全力を出すことを躊躇していたような気がする。

頑張ったって、その頑張った分が必ず報われるとは限らないから。

自分の努力が無駄になって落胆したくなくて、これは全力じゃなかったからと言い訳を残していた。

一体、そんな言い訳になんの意味があるのだろう。

「良いんじゃないですか。僕、応援しますよ」

クリス君がニッと笑った。

「それじゃあ、こんなところでうかうかしている場合じゃないですね！　まっすぐお城に向かいましょう！　シャルロット様の元へ！」

クリス君はそう言うと、くるっとお城の方角に向き直って歩き出した。

僕もその後を追う。

待っていてね。シャル。シャルは真面目だから、すぐに自分で重い枷を嵌めようとするところがある。だから、僕が、そんなシャルを支えてあげたい。

アランがリョウ嬢にしたように、全ての枷を外すようなことはできないかもしれない。

でもきっと、シャルが少しでも楽になるように、その重たい枷を持ち上げて軽くすることぐらいは、できるかもしれないから。

# 第六十一章　隣国編　別れと出会い

風で髪がなびく。潮を含んだ風は、どこかべたりとしていて生ぬるい。

耳を澄ませばさざ波の音が聞こえてきて、目の前には白い帆をひらめかせた帆船(はんせん)があった。

「リョウちゃん、大きくなったわね」

背中に涙に濡れた声がかかる。

振り返ると、瞳を潤(うる)ませて笑みを作るコウお母さんがいた。

「コウお母さん……」

「出会った頃は、こんなだったのに。いつの間にかこーんなに素敵な女の子になっていた」

そう言ってコウお母さんは、多分こんなに小さかったのよ！　と言いたいのだろうけれど、自分の膝のあたりに手をかざす。

流石(さすが)にそこまで小さくなかったかもしれない。

まあ、でもコウお母さんが言いたいのはそういうことじゃないのはわかっている。

私は、本当に、小さな頃からコウお母さんに助けられてきたんだから。

「……もし、私が素敵な女の子だとしたら、それはきっと、コウお母さんがいてくれたからですよ」

泣きそうになるのを堪えてどうにかそう言って微笑んだ。

まさか私が、自分からコウお母さんのもとを去ろうとする時が来るなんて……。

私がゲスリーの婚約者になった時、コウお母さんと離れることになったけれど、それは自分が望んでのことじゃない。何もないならずっと一緒にいて、コウお母さんにがっつりしがみついて生きていくつもり満々だったのに。

「あーん、もう！　リョウちゃん！　好き！　というかなんでアレクはリョウちゃんの見送りに来ないのよ！　アレクは、リョウちゃんが燃えてないってこと知っているはずなのに！」

憤慨したようにコウお母さんは言うので、思わず苦笑いを浮かべる。

私は、炎に包まれて死んだ。ことにしていたけれど、実際は炎に包まれて死んだふりをしただけだ。断熱材を服に大量に仕込み、舞台の下に仕掛けを作って炎が広がるタイミングで下から脱出していたのだ。

タゴサクさんが涙ながらに拾った灰は、適当に暖炉から拝借した灰である。ウ・ヨーリを永遠の女神にするために、一芝居打ったのだ。

流石に私、命大事だもの。ウ・ヨーリを永遠にするためだけに命は捨てられない。

それに、私にはやりたいことがあるのだから。

「アレク親分は見送りには来てくれませんでしたけど、私の決心は応援してくれていましたよ。この船も、親分から借りたものですし」

そう言って改めてこれから乗ろうとしている船を見た。

木製の帆船は、うっすらと黒色に塗られていて、帆の白さとのコントラストがかっこいい。

大きさもそこそこで、中に屋根付きの部屋もあって、そこで四人ぐらいは寝ころべそうなぐらいはあるし、つくりもしっかりしている。

あれ、よく見ると、船の下の方には、櫂(かい)が見える。

船の地下に潜れば、自力で漕いで進むこともできるのかもしれない。

「それにしても、親分、いつの間にこんな立派な船を……」

持っていたんだろうなぁと呟(つぶや)こうとして、気づいた。

舟を持っていたということは、親分は船に乗っていたということ。そして、船といえば魔法使いが起こす風の力で進むというのが常識なこの国において、まさかの櫂付き。

これってまさか……。

「もしかして、親分が神殺しの短剣、魔法の力で作られてない武器を調達したのって……隣国ですか!?」

そう思ってみると、小ぶりながらも収納スペース広めのこの帆船のつくりに納得だ。本来は人を乗せるものではなく、貨物船的なものなのだろう。

「らしいわねぇ。隣国から製鉄技術を盗んだみたいよ」

やっぱり！　親分が神殺しの剣を量産した時は驚いたもんだけど、そうか、隣国から……。

となると隣国は、魔法以外の技術はカスタール王国より進んでいるのだろうか。少し話を聞いたところによると、あまり魔法が発達してないみたいだから、その可能性は高いかも。

新しい国、ちょっとドキドキしてきた。何気に一人旅って初めてでは？

不安が全くないわけではないけれど、というか普通に不安はあるけれど、でも、同じくらい新しい世界に期待してしまう。

神殺しの剣を求めて海を渡った時の親分も、こんな気持ちだったのだろうか。

「親分、確かに、最後にちょっとぐらいお話ししたかったかもですね」

思わずポツリと溢れる。

親分は違うと言うだろうけれど、やっぱり、親分は私にとって父親のような存在だ。それに革命が成功してからは、なんか、妙に優しいというか。

「親分、少し変わりました。最近の親分は、親分のくせに穏やかというか。私がやろうとしていることを言ったら『悪くねえな』とかかっこつけて言ったりしますし」

私が、アランの後を追うという話をした時、親分は応援してくれた。

今までだったら、『け、勝手にしろ』とか言いそうなのに。

「ああん！　ニヒルに笑うアレク素敵！」

コウお母さんは、そう言って腰をくねらせた。

私の親分に対する呟(つぶや)きにコウお母さんは、変わらない。ずっとアレク親分が好きだ。途中、不穏な時もあったけれど、なんだかんだと元鞘(もとさや)に収まっている。コウお母さんの愛って、本当に大きくて温かい。

親分もそのうちコウお母さんの愛にほだされるはず。いや、もうほだされていてもおかしくない。

「それに、アタシもリョウちゃんの決めたことは大賛成よ。確かに、もう会えないのかもしれないと思うと寂しいけれどね」

そう言って、少しの寂しさを滲(にじ)ませてコウお母さんが笑う。

「コウお母さん。ふふ、コウお母さんのおかげで、決めることができたんです。私もコウお母さんみたいに、人を愛せるようになりたいから」

「流石(さすが)アタシの子ね、そうこなくちゃ。いい人を見つけたら、絶対に手放しちゃだめよ」

「はい、地獄の果てまで追いかける、ですよね？」

「そう、その意気よ！」

コウお母さんはそう言うとバチッとウインクをした。

大丈夫だよ、コウお母さん。私はちゃんとコウお母さんの熱い気持ちを受け継いでいます！地獄の果てまで、追いかける！

「ははは、なんだか懐かしいな。私も、兄さんに言われて、妻を城から連れ出した」

横からセキさんが苦く笑いながら口を挟む。

セキさんの亡くなった奥さんは、もともと王女。駆け落ち同然で一緒になったと聞いていたが、なるほど、コウお母さんの後押しのおかげか。

「セキのあの時の行動力には、驚いたな。だがいい思い出だ」

そうしみじみ言ったのは、バッシュさんだ。

バッシュさんとグローリア奥様、それにセキさんも、私を見送りに来てくれた。

「リョウさん、貴方がいないと寂しくなるわ。もし、隣の国の生活が嫌になったら、いつでも戻ってきていいのよ」

グローリア奥様が心配そうにそう声をかけてくれるけど、私は笑顔を返した。

「そうですね。でも、一応この国では死んだことになっているので、しばらくは戻れないとは思いますけど」

「大丈夫よ！　変装とかすれば！　ね⁉　だから……辛い時は気にせず戻ってくるのよ⁉」

ぎゅっと両手を握りしめて、本当に心配そうに言われて、なんだかちょっと面映い。

「うう、うう、ううー！　リョウ殿～！　でもやっぱり寂しいであります！」

綺麗な青みがかった黒髪を振り乱しながら、そう言って泣いてくれたのはアズールさん。

「アズールさん、私も寂しいです」

それは本当にそう。アズールさんとの付き合いは、この中だとそれほど長くないかもしれないけれど、いつも私を支えてくれた。守ろうとしてくれた。

アズールさんは、私の騎士だと言ってくれたけれど、私はどちらかというとお姉ちゃんって感じがしていた。姉がいたら、こんな感じなのかなって。

「やっぱり、やっぱり、私もご一緒してはいけませんかぁ!?」

ずびずび鼻水を垂らしているアズールさんを見ていると、姉というより妹のような気もしてきたけれど。

私は、アズールさんの鼻水をハンカチで拭う。

「すみません、これは、私のけじめなんです。私の旅に、誰かを巻き込みたくないというか……ううん、私の旅にしたいからこそ、一人で行きたいんです。わがままで、すみません」

「リョウ殿……！　そんな、わがままだなんて！」

「それに、できればアズールさんには、ウ・ヨーリ聖国の騎士団をまとめてほしいんです。アズールさんじゃないと任せられない。私の、最後のお願い、聞いてくれますか?」

騎士団のトップは親分だけど、正直やつは信用ならない。

「う、うう……。そんな言い方、ぐす、ずるいですよぉ。ぐす……でも、わかりました」

と言ったアズールさんが、鼻を啜(すす)ると情けなく丸めていた背をピシっと伸ばし、右手で左胸をどんと叩いた。

「このアズール！　リョウ殿のご命令とあればなんでもします！　私は、リョウ殿の一番の騎士なのですから!!」

「そうよ、そうよ！　アズールちゃんその勢いよぉ！」

アズールさんの宣言に、コウお母さんが拍手を贈る。

最後の最後までいつも通りな光景に、思わず頬が緩んだ。

そしてここに来てくれた人たちの顔を改めて見渡す。

コウお母さん、セキさん、バッシュさん、グローリアさん、アズールさん。

私が、一芝居打ったことを知っているメンバーだ。……たぶん、これからあまり会うこともなくなる。なぜなら、私はこれから隣の国に行くのだから。

「リョウさん、もうこっちの準備は大丈夫よ！」

船の方から声がかかり、振り返ると風にスカートをはためかせたカテリーナ嬢がいた。

もちろん隣にはサロメ嬢がいる。

二人とも動きやすそうな服を着て、すでに船に乗っていた。

隣国に渡るためには潮の流れに逆らって進まねばならないので、風魔法を使わないとたどり着けない。そのため、今回は、隣国までカテリーナ嬢が送ってくれることになった。

私は準備ができたと教えてくれたカテリーナ嬢に向かって軽く頷くと、再びコウお母さんたちと向かい合った。

とうとう、お別れの時間だ。

「皆さん、お見送りに来てくださって、ありがとうございます！　十年か、二十年か……ちょっとほとぼりが冷めた頃にでも、絶対また会いに来ますから！」

私は目いっぱい笑顔を作って、大きく手を振った。

コウお母さんやみんなの顔を見たら、やっぱり寂しくなって決意がにぶりそうなのを、断ち切るように。

◆

「カテリーナ様、まだ怒っているんですか？」

「……別に」

いや、怒ってるじゃないか。

明らかに不機嫌そうな声を出すカテリーナ嬢に、私は困ったものだと眉根を寄せた。

今、隣国に渡るため、帆船（はんせん）に私とカテリーナ嬢とサロメ嬢の三人だけが乗っている。

船に乗ってからどんどんカテリーナ嬢の機嫌は悪くなって、とうとう私と顔を合わせてもくれなくなってしまった。

「だいたい、あんな風に国に居づらくしなくてもよかったじゃない。アランさんだって、連れ戻せばいいだけよ」

カテリーナ嬢が、私に背中を向けたままツンケンとした調子でそう言った。

カテリーナ嬢が怒っているのは、私が一人で隣国に渡ろうとしていることだ。別にそんなことしなくてもいいじゃないかと言いたいらしい。

「カテリーナ、リョウさんはリョウさんで考えて決めたことよ。とやかく言わない」

そんなカテリーナ嬢を、サロメ嬢が軽くたしなめる。

流石（さすが）、皆のお姉様サロメ嬢……。

「だ、だってぇ……」

「それに、あのままリョウさんが女神のふりをするのはよくないわ」

サロメ嬢が不満そうに唇を尖（とが）らせたカテリーナ嬢に物申してくれて私は深く頷いた。

「確かに、女神のふりで騙（だま）されてくれるのも限界が来ますからね」

なにせ、私はそこまで完璧な人間じゃない。

そう思って言ったが、サロメ嬢は首を横に振った。

「違う。そういう意味じゃないわ。あのままだと、リョウさんはがんじがらめになって、何もできないもの。ウ・ヨーリが死んで、これでやっと自由になれた。だって、リョウさんは女神なんかじゃない。一人の女の子よ」

「サロメさん……」

思ってもみなかったことを言われて目を見開く。

「確かに、そうね……」

カテリーナ嬢も、サロメ嬢の言葉には納得したようで少し声が柔らかくなって、私の方を見た。

「でも、やっぱり寂しいわ」

そう素直に口にするカテリーナ嬢が可愛い。思わず頬が緩んだ。

「カテリーナ様。私も寂しいですよ」

「寂しいなら、ずっといてくれればいいのに」

「……神聖ウ・ヨーリ聖国が、ウ・ヨーリ亡き後も本当の意味で落ち着いたら、そのうち遊びに行きますよ」

「本当に……？」

「ちょっとお約束はできないですけど」

「もう！　そこは約束してよ！」

　ぷんぷん怒るカテリーナ嬢が、本当に可愛くて、そして同時に寂しくもなった。隣国に渡ったらこんな風に気軽にお話もできなくなる。

　でも、もう決めたから。

「神聖ウ・ヨーリ聖国のこと、よろしくお願いします。カテリーナ様がいるから、私は安心して旅立てるんですから」

「わかっているわよ……。ま、大船に乗ったつもりでいなさい。貴方がいなくなっても、大丈夫ってところ、見せてあげるから！」

「はい。楽しみにしています」

　私が笑顔で頷くと、ふとカテリーナ嬢が真面目な顔で私のことをまっすぐ見た。

「……離れていたって、私たちはずっと友達よ。覚えていてね。貴方が辛い時や悲しい時は、絶対に貴方を助けるから」

　カテリーナ嬢は言うや否や、また振り返って私に背を向けた。振り返る瞬間、何か光るものが見えた。たぶん、それはカテリーナ嬢の涙で……ぐっと切なさが増す。

　どうしよう、また泣いてしまいそうだ。

　カテリーナ嬢と最初に出会った時は、取り巻きがたくさんいて、気が強そうで、ツンケンしていて、いつも私のことを睨みつけていた女の子だった。

まさかこんな風に、心強い友人になるとは思いもしなかった。

「リョウさん、私もカテリーナと同じ気持ちよ。何かあったら、頼ってね。アラン様に振られて出戻ってきても、優しく迎えてあげるから」

そう言って、ちょっと意地悪そうにサロメ嬢が微笑んだ。

サロメ嬢は、カテリーナ嬢の取り巻きの一人で、でも、他の取り巻きたちと違って、カテリーナ嬢のことをいつも心配そうに見ていた女の子だった。度胸があって、同い年とは思えないくらい色っぽくて、暴走しがちなカテリーナ嬢を見守ってくれる。

こんな風に、長く付き合える友人になるとは、思いもしなかった。

学園時代のことが昨日のことのように浮かんだ。

カテリーナ嬢がいて、サロメ嬢がいて、シャルちゃんがいて。

女の子だけで市場に行って、買い物をしたこともある。

アランやリッツ君がいるとできない話を、夜中にこっそり部屋に集まって語り明かしたこともある。

同じ学園で、同じ寮で、同じ時を過ごしたかけがえのない友人たち。

ずっと、なんだかんだで一緒にいられるような気がしていたけど、シャルちゃんはカスタール王国に残った。サロメ嬢とカテリーナ嬢は神聖ウ・ヨーリ聖国に。

そして私は、アランを追って隣国へ。

それぞれ別々の道を行くけれど、でも、今まで過ごした思い出は、記憶はちゃんと心の中にある。

私、二人の友人になれて、本当に良かった。

たぶん私は、きっと、波の音を聞くたびに、海を見るたびに、この時の二人のことを思い出す気がする。

切ない思いとともに。

◆

カテリーナ嬢たちと涙のお別れをして、船を下りた。

お別れはあっさりとしたものになった。長く言葉を尽くせば尽くすほど別れがたくなるから。

それでもしんみりしてしまう別れの余韻に浸りながら、気持ちを切り替えたくて深く息を吸うと、潮の香りが胸いっぱいに広がった。

砂の大地を踏みしめながら、きょろきょろとあたりを見渡すと、浅黒い肌をした人々が快活そうに声を掛け合い、忙しそうに行き交っているのが見えた。

家屋は基本的に白い土壁でできており、屋根は半球のような形で赤や青に塗られている。服装はみんな薄着で、ごてごてした大ぶりのアクセサリーなどを好んで身に着けている人が多かった。

すっぽり頭と体全体を覆うフード付きの外套（がいとう）を着た私は、少し浮いているかもしれない。

ここは、ベイメール王国の港町バスク。カスタール王国の西側にある国だ。アランが立ち寄ったはずの場所。

アランを追いかけてとうとうここまで来てしまった。

カテリーナ嬢たちからは、最後まで『貴方がアランを追いかけて海を越える日が来るとはね』と言われてからかわれたけれど、後悔はない。

それに心細い思いもあるけれど、新しい場所にわくわくしている自分がいる。

まずはアランの捜索……いや、アランを捜すにしても、しばらくはこの国で生きるのだから、この国のことをもっと知らないと。

私は手で庇（ひさし）を作ってゆっくりあたりを見渡し、人々がたくさん行き交う通りを見つけた。

たくさんの露店があって、様々な形をしたフルーツや、魚が並んでいる。市場か何かだろう。がやがやと活気がある。

私はさっそく市場に乗り込んだ。

露店のお店のほとんどは魚屋さんだ。まあ、海も近いしね。次いで多いのは果物屋。その次はアクセサリーなどを売る店だろうか。

アクセサリーのデザインは、繊細なものが好まれていたカスタール王国と比べるとゴツゴツしたものが多い。特に、牙や鱗（うろこ）を使ったものが多かった。

店主に話を聞いてみると、この国の王族の守護獣が『ドラゴン』らしく、ドラゴンをモチーフにした小物は幸運の証とかでよく売れるのだとか。

ドラゴンは所謂（いわゆる）、前世で言うところの西洋風ドラゴン。

カスタール王国は、魔法使いこそ至高！　神！　という感じだったので、人型以外の幻獣はあまりいい印象がない。確かドラゴンなども物語に出てくることはあるけれど、どれも悪役のような扱いだった気がする。

やはり、国が違うと文化も違うねと思いつつ、今度は果物屋を物色。

ぶつぶつした皮を持つフルーツや、前世で言うところのスターフルーツのようなものもある。あ、あれってもしかしてドリアン？　ライチのような硬そうな皮を持った小さなフルーツも。

カスタール王国では見かけなかった、カラフルで珍しい形のフルーツが一杯だ。

試しに色々食べてみたいな……。あ！　あれ、りんごでは!?

りんごはカスタール王国でも売っていた。

なんか、さっきまで新しい味を開拓しようと思っていたけど、見慣れた食べ物が出てきてやっぱりなじみ深い味が恋しくなってきたぞ……。

「すみません、こちらおいくらですか？」

露店の中でひたすらフルーツの皮をむいているちょっとムキムキのおじさん、多分この露店の店主に話しかけた。

「ああ、それはね、百ベイだね」

ベイ……この国の通貨の単位か。りんご、買いたいけれど……当然のことながら私はお金がない。

「今手持ちがないのですが、物々交換は可能ですか？」

私はそう言って、ポケットから換金できそうな小さな装飾品を取り出した。

店主はそれをちらりと見ると、首を振る。

「悪いが、物での売り買いはやってない。だが、それは結構いいもののようだし、買取屋に行けばそれなりの値段になるはずだよ」

へえ、買取屋。なるほど。まずはやっぱり換金か。

通貨の単位は違うみたいだけど、文字や言葉はカスタール王国と一緒なのも確認できた。

これならそれほど不便しないはず。

私は店主に買取屋のある場所を聞いて、その場を去った。りんごはまた後で買う。

そうして買取屋ですんなりと手持ちの装飾品の一部を換金した。

果物屋に戻ろうかとも思ったけれど、まずは宿をとろうかな。

しばらくはこの港町にいる予定だし、アランの手がかりを探さないといけないからね。

それに、私の読みが正しければ、もしかしたらアランはこの町にまだいるかもしれない。

もともとアランは、あてもなくベイメール王国に来た。正直カスタール王国の生活が恋しい気持ちも十分にあるはずだ。

となれば、なんだかんだとカスタール王国と繋がれる港町から出にくくて、ここでプラプラと生活していてもおかしくない。

アランは魔法使いだ。この国では魔法使いがどんな存在なのかわからないけれど、アランの魔法は緻密で、ちょっとおしゃれな小物をあっという間に作れたりするぐらいの腕前はある。つまり、魔法を使えば稼ぐ方法はたくさんあるのだ。

アランがこの国に渡ってから、一ヶ月以上は過ぎているはずだけど、毎日日銭を稼ぎながら、そこそこ良さそうな宿に滞在してそう。

私はそう目星をつけて、自分の宿探しもかねて、宿が建ち並ぶエリアを目指した。流石に港町だからか、結構栄えているし、宿もたくさんんだ。

それにしても改めて思うけれど、すごくきれいな町並みだ。

真っ白な土壁は陽が反射して眩しいくらいだし、カラフルに塗られた窓の枠や屋根は、鮮やかだ。

私が町並みをうっとり見ながら歩いていると、ひと際大きな建物を見つけた。

看板が出ていたので、宿だとわかる。多分この町の宿の最高峰ってところかな。お金持ち向けだ。町で一番いい宿に泊まるというのも勉強になるかもしれない。

ちょっと気持ちが惹かれたけれど、私の手持ちのお金は限りがある。大切に使わなくちゃ。

少し歩くと、今度はちんまりと建てられた少々ぼろい建物が目に入った。

こちらも宿のようだけど大人数で雑魚寝するようなタイプの小さな宿。これは安いだろうけれど、流石に女子一人で知らない人と雑魚寝するタイプの宿には泊まれない……。

となると、やっぱりあのあたりか。

左を向くと、大きくはないけれど、壁はそれなりに綺麗にされた建物が目に入った。

ちゃんと一人部屋がありそうな作りだ。そこまで広くはなさそうだけれど。この町だとおそらく中の下ってところかな。

私が泊まるとしたらこういうところになりそうだけど……でも、もしアランなら……。

アランの立場になって考えてみた。

魔法で日銭を稼げるとしても、アランも私と同じくこの国のお金の手持ちがたくさんあるわけではないはず。

となれば、私と一緒でお高い宿は避ける。でも、アランは、ああ見えて生粋(きっすい)のお坊ちゃまだ。

私は改めて今自分が泊まろうとした宿を見上げた。

それなりに綺麗にはされているけれど、多少はひび割れや経年劣化の面差しはある。こぢんまりした見た目だし。

多分、アランお坊ちゃまはこの建物を見て宿だと気づかない。なにせ生粋のお坊ちゃまだもの。

そしてあたりを見渡しながら、他の宿を探して……。

とアランの行動を予測しながら、宿屋通りを歩くと、良さそうな宿にたどり着いた。

建物はそこそこ広くて、外壁もきちんと手入れされているようで綺麗だ。

それになにより、宿屋です！　と大きく派手で立派な看板を掲げてアピールしてくる。

この感じだと上の下の宿ってところかな。ばか高いわけじゃないけど、安くはない宿。

そして、アランが宿屋と認識できる見た目で、実際は高いけど、安そうな宿だ！　とアランに思わせるぐらいには、華美じゃない。

……ちょっとここで情報収集してみようかな。

私が中に入ると扉にベルがついていたようでカランカランと音が鳴った。

そして、受付にいた茶髪の女性が笑顔で迎えてくれる。

「いらっしゃいませ！」

私よりも少し年上ってところかな。日に焼けて少し浅黒い肌にくりくりとした黒い目、肩の上で切りそろえられた茶髪が内側にくるりとカールしていて、快活そうな笑顔が可愛らしい人だ。

いかにも看板娘って感じ。

でも、ものすごく笑顔で迎えてくれて申し訳ないが、泊まりに来たわけではないので心苦しい……。

「すみません、あの、人を探していまして」

「……人探しですか？」

「はい、こちらに長い黒髪に緑の瞳を持った若い男性が来ませんでしたか？　名前をアランというのですが」

私が率直にそう尋ねると、看板娘さんは明らかに警戒したように目を眇（すが）めた。

「……さあ、どうでしょう。見かけてないかと思いますが」

声も固い。完全に不審に思われている。

いや、でもよくよく考えれば、宿泊客のことを突然聞いてくる人って怪しいよね……。

いけない、先走ってしまった。

ほら、前世だとプライバシーとか色々あったけれど、カスタール王国とかウ・ヨーリ聖国にはそういう概念ほぼほぼなかったし。だから油断して……！

ベイメール王国は結構プライバシー権のしっかりした国なのかもしれない。もしくはこのお宿がそういうのにも気を使える優良店というところか。

「あの、別に怪しい者ではなくて！　友人を探しているだけといいますか……」

「どうであろうと、そういう方をお泊めしていませんので」

ああ、完全に警戒されている！

そもそも、ただで情報を得ようだなんて考えが良くなかった。ここは宿屋なのだから、まずはここに泊まるという誠意を見せねば。

「あ、えっとじゃあ、あの、部屋の空きはありますか？　私……」

「いいえ、部屋の空きもありませんのでお引き取りください」

冷たい……。

私は看板娘の眼光にやられて「はい、すみません」と謝ってとぼとぼと宿を出た。

新しい国に来てちょっと浮かれていたかもしれない。もっと慎重になって尋ねるべきだった。でも、アランのことだからこんな感じの宿に泊まってそうで……。

というか、あの固い反応は、ちょっと心当たりがあるからって感じもするし。

もう少し、あたりを探索したらまたここに戻ろうか。

あの看板娘さんと親交を深めた方がいい気がする。今は完全に警戒されているので、出直すけども。

来た道を戻るかと、歩き出したその時、ハッと息をのんだ。

丁度戻ろうとした道の先に、りんごの入った大きな紙袋を片手に抱えている人がいた。

町並みを眺めているのか、横を向きつつりんごにかじりついて歩いている。

一本に縛った黒い髪が、風に吹かれて揺れていた。

懐かしくもあり、馴染み深くも感じるその横顔は……。

「アラン……」

口からこぼれたその声は緊張でかすれてしまった。

まさか、もう再会できるなんて……。

緑色の瞳は相変わらず綺麗(きれい)で、懐かしい。

よそ見をしていて私に気づいてないアランが、どんどん近づいてくる。そして、ふと顔を前に向けた。

そしてアランは、私に気づくと目を見開いて固まった。

間違いなくアランだった。

――ドサ

アランが持っていた荷物が地面に落ちる。

紙袋いっぱいに詰められていたりんごが地面に転がっていく。

うだなとか思ったりもしていたけれど、まさか本当に、こんな突然、こんな風にアランと再会できるなんて。

思わず息をするのも忘れる勢いで二人で固まっていると、アランがまず視線を下げた。

「相当疲れているみたいだ。まさかリョウの幻まで見るとは……」

そう言ってこめかみを揉みながらアランが首を横に振る。

その顔には悲壮な雰囲気すらあった。

アランが、私のこと幻か何かだと思っている……。

遅れて状況を理解した私は、口を開いた。

「幻じゃ、ないんだけど……」

私の声はどこか頼りなくて、我ながら恥ずかしいのだけど震えていた。

「ま、幻が、幻じゃないとしゃべっている……俺はもうだめかもしれない……」

アランが意気消沈した。まだ私のことを幻だと思っているみたいで、私も意気消沈した。

……いやいや！　落ち込んでいる場合じゃない！

私は唾を飲みこんだ。そして忘れそうになっていた息を吸い込んで、ゆっくりと吐き出す。

今さらビビるな、私。

ウ・ヨーリを昇天させて、皆とお別れをして、アランに会いにここまで来たんだから！

ここで私が尻込みしていたら、愛の伝道師コウお母さんに怒られる！

「アラン、その、幻じゃなくて……私、追いかけてきたんです」

私がそう言うと意気消沈していたアランは顔を上げた。信じられないものを見るような目で私を見る。

「追いかけて……？」

未だに信じられないらしいアランに、私は近づく。

本物であることをアピールするため両手を広げてみせた。

「私、アランを追いかけてここまで来たんです」

「幻じゃない？　本当にリョウなのか？」

目を見開いて驚くアランに、私は頷いた。

「いや、でも、な、なんでリョウがこんなところに……？」

「アランが、私と一緒に、隣国に行ってくれるって言っていて……」

それで、ずっと、そのことばかり考えていて、気づいたら、追いかけていて……。どうしよう。いざアランを前にしたら、何故かうまく説明できない。

「言ったけど、でもそれをリョウが……」

あ、アランが悲しそうな顔している。ど、どうしよう。いや、ちゃんと言わねば！

「あの時のことは、本当にすみません。その、アランを傷つけるつもりはなくて、いや、何言っても言い訳にしかならないと思うんですけど、アランと一緒に隣国に行きたいって思った言葉は嘘じゃなくて……」

「そうか、わかった。母様や、カイン兄様に、何か言われて俺を連れ戻しにきたんだな？……でもごめん。わざわざここまで来てくれて悪いけど、俺、戻るつもりないから」

思ってもいない方向に話が行ってしまい、私はハッと息を飲んだ。

「違う！　連れ戻しにきたんじゃなくて……！」

「いいよ、別に、怒ってない。でも、俺、帰るつもりはないんだ。向こうにいると、ずっと苦しいから……。だからもうリョウは帰ってくれ、いや、帰るべきだ。向こうにはリョウを必要としているやつらがたくさんいるだろ？」

頑なに、私の言葉を聞いてくれないアランに、私は悲しくなった。

もしかして、いいや、やっぱり、もうアランにとって私は……。

「……もう、アランにとって、私は、必要じゃない？」

私がたまりかねてそう口にする。

体が鉛のように重く感じた。

もしそうだとしたら、悲しい。

想像するだけでも悲しくて辛くて、私は悲しみを紛らわせるために再び口を開く。

「確かに、私を必要としてくれる人が、向こうにはたくさんいるかもしれない。でも私、私は……。向こうに置いてきたたくさんの人たちの誰よりも、アランの側にいたくて、ここに来た」

私がそう必死に言うと、アランは、眉を顰めて傷ついたような顔をした。

「リョウ……もうやめてくれ。またそうやって、俺の心を掻き乱すのは」

「だって、アランが私の話を聞いてくれないから！」

「リョウはいつもそうやって俺に期待だけさせて……！　もっと言動に気をつけないと、勘違いするだろ！」

そうアランは声を荒らげた。

言っている意味がわからない。

「勘違いって何が？」

「リョウが俺のことを好きになってくれたとか、そういう勘違いだよ！」

思わず言葉を失った。

アランの言った『好き』というのが、友人同士の友愛のことではないってわかる。

そうだ。私が、アランを追いかけたのは、私、アランが好きだからだ。

その好きはもちろん、特別な好きで、決して友人としてとか、人間としてとかそういうものじゃない。

今までずっと、アランを追いかけなくちゃ、謝らなくちゃ、アランと一緒にいたいって気持ちだけでここまで来て、自分の気持ちに向き合うのを置き去りにして、この気持ちに名前を付けられずにいたけど。

そうだ、私は、アランのことが好きなんだ……。

それなのに、私、アランに自分の気持ちをまだ言ってない。

「ほらな、思ってもみなかったって顔している。リョウは、いつもそうだ」

ふてくされたように言って、アランはそっぽを向く。

私はアランにもう一歩近づいて距離を詰めると、彼の手に自分の手を重ねた。

「アラン、好き。私アランが好き。特別な、好きだよ。……そうじゃなきゃ、ここまで来ない」

アランにちゃんと伝わるように、慣れないながらも、恥ずかしさで顔を赤らめながらも、まっすぐアランを見上げてそう言った。

するとアランは、目を見開いて私を見下ろす。

そしてそのまま微動だにしない。

どうしよう、アランが彫像になってしまった。息、してる……？

不安になってアランの口の前に手を当てようとして——。

「わっ」

強い力で腕を引き込まれた。

そしてそのままアランの腕の中にすっぽりと納まる。

こ、これは、もしかして抱きしめられている!?

いやにうるさい心臓に、何故か体中の熱が上がっていく。

特に顔に集まる熱といったら尋常じゃない。

「いやならいやって言ってくれ。このまま何も言わなかったら、俺、本当の本当に、勘違いするからな！」

アランの焦っているような、かすれた声が私の耳元で響く。

突然のことに驚いたけれど、アランにこうやって抱きしめられても全然嫌じゃない。

私はアランの胸に自分の額をくっつける。

「だから、勘違いじゃない」

「いや、やっぱり夢を見ているのかも。俺、おかしい。だって、こんなこと……」

「夢じゃない。アラン、私の言葉信じなさすぎです。私、そんな人に気を持たせるようなこと、言わないし、言ったことない」

「あるんだよ！　俺がどれだけ振り回されたと思ってる！」

えー、いや、ない。ないはず……。記憶にない。それになにより、大体……。

私は顔を上げた。アランを見上げる。

「それに、私はちゃんと言ったけど、アランは、私のことどう思っているのか言ってない」

私がそう言うとアランは戸惑うように眉を上げる。

「いや、それは……言わなくてもわかるだろ。前に言ったたし」

「前は前。今の気持ちはわからない。言わないと……不安になる」

「いや、リョウはどうせそんなことでは不安にならない」

「なるよ！　アランの中の私どんだけ鋼鉄の少女なんだ！　こちとら年頃の乙女だよ!?」

「なる！　アランを追いかけるのだって、本当は怖かった。アランに嫌われたかもしれないって、追いかけていっても、もう言葉も交わしてくれないかもしれないって……怖かった」

言いながら、いろんな思いがこみ上げてきて、声が震えた。

アランから連絡がなくて、どれだけ不安に思ったか。

アランの気持ちを確かめたいのに、拒否されるのが怖くて勇気が出なくて、自分の気持ちに見て見ぬふりをしたこと。

でも、見ないようにしても、ふとした瞬間にアランのことを思い出す。

そんな風に、思い悩んだのは、私がアランのことを好きだからだ。

言っておくけどね！　大人に交じって商人ギルドの十柱の一人として動いていた時や、ゲスリーの婚約者だった時、神聖ウ・ヨーリ聖国を治めていた時だって、こんなに、こんな風に悩んだことなんてないんだからね！

「リョウ……。本当に、リョウが、俺のことを？　……好き？」

今、気づいた、みたいな顔してアランが呟(つぶや)く。

「さっきからそう言っています！」

私が不満げに頬を膨らませると、アランが戸惑うように瞳を揺らして、私の頬を両手で包んだ。

その手つきが優しくて、怒りを込めた頬からゆっくり空気が抜けていく。

「俺を追いかけて、海を渡ってくれたのか？　全てを置いて……」

私は頷(うなず)いた。

それでようやくアランの顔に、微笑(ほほえ)みが浮かぶ。

緑の瞳にほんのりと熱を込めた、今にも泣き出しそうな笑み。

「俺も、リョウのことが好きだ。愛してる。ずっと一緒にいたいと思えたのは、こんな気持ちを抱いたのは、リョウだけなんだ」

泣き笑うような顔で、気持ちを込めるように一言一言まっすぐ私に伝えてきた。

改めて聞いたアランの気持ち。まっすぐ私を見る瞳は、今までにないほどに真摯で、この世のあらゆる宝石よりも綺麗だった。

ほんのり潤んだアランの瞳に吸い込まれそうになって、ただただ見詰めていると、アランの顔がそっと近づく。

唇が重なった。

優しく触れるだけのキスで、瞼を閉じてやわやわと柔らかい唇の感触を楽しむ。もっと深く触れ合いたいと思うと同時に、そんなことを考えてしまった自分に言いようのない恥ずかしさがこみ上げて、頭がくらくらする。

しばらくキスをして、お互いゆっくりと唇を離す。

真っ赤になったアランの顔があった。

「……アランからしてきたのに」

「し、仕方ないだろ！　照れるものは照れるんだから！」

憤慨したアランはそう言って、また私に顔を近づけた。今度は額と額がくっつく。

「もう一回したい」

アランは囁くようにそう言って、再び唇を重ねてきた。

先ほどのキスよりも深くて、熱い。

そして、甘酸っぱいりんごの味がした。

そういえば、アラン、さっきりんご食べていた。私もちょうどりんごが食べたいなって思っていたところで、その偶然の重なりがすごく嬉しい。

幸せなキスに酔いながら、今までのことが脳裏に駆け巡る。

前世の記憶を持って、貧乏な農民の子として産まれたこと。

そのあと貴族の家に売られて小間使いになったこと。

山賊に攫われて、そのまま山賊の仲間になったこと。

貴族の養女に迎えてもらって、学生になったこと。

学園に通いながら、商人になったこと。

商人として生きていこうと誓った後に、王族の婚約者になったこと。

王族の婚約者から、反乱を引き起こした魔女にされたこと。

反乱を収めて誰もが崇める女神になったこと。

そして女神をやめて、ただの恋する女の子になって、好きな人を追いかけたこと。

振り回されてばかりの人生だった。

自分で決めているつもりで流されてばかり。

仕方なくその場でできる役割を背負ったりもした。

でも最後にこうやって、自分の意志で、自分がしたいことができたのだから、今までのこと全部が全部、この時のために意味のあることだったんじゃないかとすら思えてくる。

恋がこんなに素晴らしいものだったなんて、初めて知った。

私が夢中で二度目のキスを交わしていると、ふと何か変な雰囲気を感じ取った。

視線だけ外に向ける。私たちのことを微笑(ほほえ)ましそうに見ているギャラリーたちがいた。

買い物帰りの主婦っぽい方、散歩中の親子、荷物を運んでいるがたいのいい男などなどの通りがかりの人たちが、わざわざ歩みを止めて『おやおや、初々しいですねぇ』みたいな顔されている！　すっごい見られているのだが！

「ママー、あのお兄ちゃんとお姉ちゃん何しているの？」

母親の手を引っ張りながら五歳ぐらいの男の子が、私たちを指差ししているのを見てもうダメだった。

先ほどまで甘酸っぱい気持ちでいっぱいだったのだが、一瞬で冷静になった。

そういえばここは大通りのどまんなか！

「ア、ア、ア、アラン！　人が！　見てる！」

私は唇を離すとアランに状況を伝える。

「別に、いいだろ」

アランは離れた私の唇を名残(なごり)惜しそうに見てそうこぼすが、別に良くないよ！　恥ずかしいわ！　こちとら花も恥じらう十六歳の乙女よ!?

「だめですだめです！　だってこんなの……は、はしたないです多分！」

こう見えて私は元準貴族令嬢。道端で堂々とイチャイチャなんてはしたないわ！　私はそう言って、アランと距離を取ると、周りのギャラリーたちも『おやおやお邪魔だったみたいですねぇ』みたいな微笑みだけを残して、歩き去っていった。

一瞬、渋滞を起こしそうになった大通りが通常運行に戻る。

先ほど「何してるのー？」とママに尋ねていた子供が、可愛らしい笑顔を浮かべて手を振っている。私は微妙な気持ちのまま手を振り返した。

穴があったら入りたい……。

だ、だって、こう、久しぶりの再会で、気持ちがぐわ～っと盛り上がって……。

「そういえば、リョウはここに来てどれくらいなんだ？　泊まるところはあるのか？」

アランは、落ちたりんごを拾いながら何食わぬ顔でそう聞いてきた。

さっきまでチューして顔真っ赤だったのに、なんかいつものノリなのだが？

「……先ほど着いたばかりなので、泊まるところはまだ。これから適当に宿をとろうかとは思っていますが」

「じゃあ、俺が泊まっているところに来るか？」

最後のりんごを拾い終えたアランが、何食わぬ顔でそう尋ねてきた。

え、アランと一緒のところって……お、お、お泊まりってこと？　そ、それってつまり、ど、ど、ど、同衾(どうきん)!?

お、お、おいおいおい。アラン坊や。おまえ、そんなお泊まりのお誘いをそんなあっさり、え？ ちょっと待って私の知ってるアラン坊やと違う。

私の知ってるアラン坊やは、同衾の誘いをこんな、何食わぬ顔でしないのだが……？ 私の知ってるアランは、もっとどもりながら、顔真っ赤にしてするし……。まさか、まさかまさか、この国に来て、アラン坊やは大人の階段を既に上って……!?

知らぬ間に大量の恋愛経験値を積んでいたかもしれないアランに戦慄して言葉に詰まっていると、何も返答しない私を訝しんだアランが首を捻った。

「え？ いいだろ？ リョウは、だって……俺を、その、追いかけてくれたんだろ？ 一緒でいいだろ？」

確かにそうだけども！

なんという俺様！ 俺に惚れてんだから当然だよな？ お前は大人しく俺に全てをゆだねたらいいんだ、とでも言わんばかりの主張！

アラン、こいつ、やっぱりこの国に来て、私を置いて大人の階段を上ったのね!?

なんか怒りが込み上げてきた！

確かに私はアランが好きだけども、それで体を許すかといえばそれとこれとはまた別よ！ もうちょっと時間をかけて、順序踏んでくれないと！ こちとら未経験なんだから！

「アラン、見損ないました！　確かに私はアランが好きだけど、そんな、安易に体を許すつもりはありません！　一緒の部屋に泊まるなんて、まだ早いです！」

ぎゅっと拳を握ってアランに物申した。

アランは私のささやかな反抗を予期してなかったのか、目を見開いて固まった。

アランめ、そんな全く予想してなかったみたいな反応して。さては、俺の誘いを断る女がいるわけないとか思ってる⁉

アランたら私と離れている間にどれだけ遊んできたというの……⁉

私がギリギリと奥歯を噛み締めていると、固まっていたアランの顔色が真っ赤になった。

そして口を開く。

「リ、リ、リョウ！　べ、別に、い、い、い、い、一緒の部屋に誘ったつもりはない！　同じ宿で別の部屋をとればいいんじゃないかって、そう思っただけだ！」

泡を吹く勢いでアランがそう申してきた。

え？　じゃあ、私の勘違い？　確かにアランは別に一緒の部屋に泊まるとまでは言ってなかったような……。

いっけね、私の早とちりだったわ。

勝手に、同衾の誘いと勘違いしたことに恥ずかしいと思う気持ちもあるが、それよりも安堵（あんど）がまさった。

顔を真っ赤にして、慌てふためくアラン。

そう、これこそがアランよ。

「すみません、私の勘違いでしたね」

私はそう言って、てへぺろを返す。

それを見て、少しは落ち着いたらしいアランが、胡乱（うろん）げな眼差しを私に向けた。

「悪いと思っているようには思えない……」

いや、いや、ごめんて思ってるって。ほんとほんと。ごめんごめんご。

「だいたい一緒の部屋なんかに泊まったら……」

そう言って、すでに真っ赤だったアランの顔色はこれ以上真っ赤になることある!?　ってぐらい赤くなった。

「……お、俺を殺す気かよ!?」

殺す気はないけども。

ていうかそれどういう意味？　アラン、私と一緒の部屋に泊まったら、死ぬの……？

しかし俺様系遊び人アランの片鱗が消え去って、ほっとした。

よかった。アランはアランだ。

「それで、アランが泊まっている宿ってどこですか？　空いている部屋あるんですか？」

「空き部屋はあると思う。すぐ近くだから一緒に行こう」

気を取り直したらしいアランがそう言うと、りんごの袋を抱えてない方の手を差し出した。

私はちょっと驚いてアランを見ると、アランは「ん」とか言って早くしろと言わんばかりに催促した。

これは、お手手を繋ごうってことよね？

恋人っぽいお誘いに、にわかに恥ずかしくなってきた。

同衾（どうきん）はまだダメだけど、手を繋ぐくらいは別にいいよね。だって、好き合っているわけだし……。

というか、私、手を繋ぎたいし……。

私は年相応に照れながら、アランの手に自分の手を絡ませる。加えて、ちょっと甘えるようにアランの腕にも抱きつくような形にした。

す、すごく……すごく恋人っぽい！

恋愛経験値が少ない私にしては、かなり大胆な動きをしたものだと我ながら照れつつ、アランの顔色を窺（うかが）う。

アランが驚いたように目を見張っていた。

「いや、俺、荷物を持とうとして……」

なんかアランがか細い声でそう言って、先ほどまで乙女ちっくだった自分の脳内が冷える。

「え……？　荷物？」

そういえば、私、初めての隣国ということで結構大きめのカバンを肩にかけている。

アランは『それを持ってやろうか』という意図で手を差し出したということ？　つまり、お手手を繋ぐつもりじゃなくて……なのに私は大胆にも絡みつき……。

カーッと体温が上がった。

なんか、さっきの同衾（どうきん）のお誘いのもそうだけど、ちょっと私前のめりすぎない？

流石（さすが）に二回続けて、勘違いするのは、恥ずかしい！

アランもきっと思ったはず。リョウさん、ちょっと思考が肉食系では？　って！

なにせ、二回も勘違いしているのだもの！　落ち着け、落ち着け私！　ま、まずはアランから離れようか!!

自分の勘違いを恥じながら慌てて離れようとしたら、ガシッとアランが私の手を握り返してきた。

「……でも、こっちの方が良い」

そう言って、アランが嬉（うれ）しそうに私を見下ろす。

本当に嬉しそうに柔らかく笑うアランの翡翠（ひすい）の瞳が綺麗（きれい）で、思わず見入ってしまう。

「荷物、重くないならだけど」

「……荷物は自分で持てるから、大丈夫」

アランの確認にか細い声でそれだけ返すと、恐ろしいほど魅力的なアランの瞳から素晴らしいほどの精神力をもって目を逸(そ)らした。

やばい、心臓の鼓動が……。

浅はかにもアランに密着してしまった、先ほどの私が誇らしくも憎らしい。だって、こんなに近くにいたら、どきどきしているのがバレてしまう。

耳に響いてきそうなほどにどくどく脈打つ心臓に、落ち着きたまえと唱えながら、私はアランと一緒にもと来た道を歩き出した。

そうして歩き出してすぐ、目的の場所にたどり着いた。

「ここが、俺が泊まっている宿」

そう言って紹介してくれた宿は、私も知っている宿。

というか、アランと会う直前に訪れた宿だ。

可愛い看板娘さんがいて、泊まっている客の個人情報は晒(さら)さないという素晴らしい理念を持った宿だ。あの時看板娘さんお顔つきが険しいような気がしたのは、やはりアランを知っていたからか。

大事なお客を探るやつが現れて、警戒されていたのだろう。

「あれ、嫌か？」

微妙な表情をしている私に気づいたのか、アランがそう尋ねてきた。

「嫌ではないのですが、この宿、実は私もアランを探すために寄っていて、その時は空き部屋がないと言われまして」

「空きがない？　そんな感じはなかったが……とりあえず空いている部屋があるか聞いてみる。リョウはここで待っていてくれ」

アランがそう言ったので、私はよろしくとばかりに見送った。

私が聞いた時は、空き部屋はないと言われていたけれども、警戒されたが故の嘘という可能性は十分にあり得る。

扉の近くで待っていると、『あーん、アラン様、おかえりなさいませぇ！　あのう、お昼ご飯済ませています？　もしまだなら、一緒に行きたいお店があるんですぅ』と妙に甲高い、というか鼻にかかったような甘える声が聞こえてきた。

この声、さっきの受付のお姉さんの声？　にしては、ちょっと声のトーンが違いすぎるような気もするけれども……。受付の人変わったのかな。

『……え？　空き部屋ですか？　まあ、たくさんありますけど……』

先ほどの声と同じような感じだけど、若干テンションが低くなった声が聞こえてきた。

この声の感じは、確かに、私も知っている受付のお姉さんぽい。さっきの妙に甲高い声は、お客様専用接客ボイスかな。そのホスピタリティ精神、嫌いじゃない。

やはり、なかなか優良な宿屋だなと私が内心うんうん頷いていると、扉が開いた。アランだ。

「リョウ、部屋の空きあるらしい。ここでいいか？」

「はい、是非お願いします」

やはり最初、私が尋ねた時に満室だと言われたのは怪しまれていたからか。

私は、これで誤解も解けるかもとアランと一緒に中に入った。

「お連れ様は……」

と言って、おそらくアランの連れてきた新たなお客を迎えに上がろうとしたのだろう。

これまた人の良さそうな笑みを浮かべて、受付のお姉さんがこちらにやってきた。

「ど、どうも、すみません」

私はぺこりと頭を下げた。

受付の女の人は、やはり私の宿泊を断った女性だった。

私の顔を見て、お姉さんは明らかに顔を引き攣らせる。

ごめんね、なんか気まずいよね。でも、私気にしてないよ、むしろそういうプライバシーを守る！　みたいな感じ嫌いじゃないし！

「先ほどは、突然、宿泊されている方のことを伺ってすみませんでした。怪しまれたのも当然かと思います」

だから大丈夫よ、という気持ちでそう伝えるけれども、お姉さんは引き攣り笑顔を貼り付けたまま。

ほんとすみません。いや、もう本当に慎重に行動すべきだった。

いきなり宿泊客について尋ねるなんて、怪しさ満載だよね。

「……えーっと、こちらの方がお連れ様ということですか？」

ぎぎぎと今にも音が鳴りそうな程に硬い動きで受付のお姉さんは顔を横に向け、アランに尋ねる。

「ああ、そうなんだ。できれば、俺のいる部屋と近いとこがいいんだが」

「そ、そうですかぁ。うーん、近い部屋空いていたかなぁ。あ、ちなみに確認ですけど、彼女、妹さんとかですか？」

「え？　妹？　違う。その、リ、リョウは……なんというか……」

唐突に関係性を尋ねられて、戸惑い照れだすアランが言い淀む。

ア、アラン！　照れる気持ちはわかるけれども！

私は鋭い視線を感じ取って恐る恐る受付のお姉さんの方を見ると、めちゃくちゃ警戒するような目で睨んでいた。

これは、完全に怪しんでいる!!

もしかしたら、私がアランを脅して知り合いのふりをしているとかそんなふうに思っているのかもしれない！

「そ、その、リョウは、俺の恋人なんだ……」

そう言って、アランが照れ笑いを浮かべながら私の顔色を窺ってきた。

なあ、俺たち恋人でいいんだろ？　とその目が言っている。

うん、恋人でいいとは思う。思うけれども、ちょっと今回はあまりどもらずもっとスムーズに言ってほしかったかな。

アランが照れすぎてはっきりとしない口調で恋人と答え、しかも私の顔色を窺うような素振りに、完全に受付のお姉さんの疑いの色が濃くなっている気がする。

だって、視線の鋭さが増した。めちゃめちゃ疑われている！

「ほ、本当に、恋人なんです！」

思わず訴えかけてしまったが、受付のお姉さんの視線は鋭いまま。

いや、だって、私の口から本当の恋人とか言っても、信憑性ないもんね。というか、むしろその必死感が怪しいまであるよね……。

私が受付のお姉さんの視線に怯えているというのに、私の口からも恋人という単語が飛び出したことが嬉しかったらしく、アランが嬉しそうににまにました。

アラン坊やといったら、恋人のピンチだというのに！　この鈍ちんめ！　というか、どうしよう、いっそのこと、宿変えた方が良いだろうか……。

そんなことを検討し始めた時に、やっと受付のお姉さんの鋭い視線が外れた。

親しそうな笑みを浮かべてアランを見る。

「えーっと、お部屋は空いていますけど、アラン様のお部屋から遠い部屋しかないですねえ」

「そうか、残念だけど、そこしかないなら仕方ないな。……リョウも、それで良いか？」

そう言って、アランが尋ねてくる。

その横で受付のお姉さんが鋭い視線を私に向けてくる。

「う、うん。よろしくお願いします」

受付のお姉さんの視線に怯（おび）えて蚊が鳴くような声しか出なかった。

どうやったらこの濡れ衣的な何かを拭えるのだろうか……。

そんなことを考えていると、ガランガランとベルを大きく鳴らして乱暴に扉が開いた。

そこまで乱暴に扉開かんでも良いでしょ、と思いながら入り口を見ると、屈強そうな男を含む三人組がいた。

なんというか、柄が悪い感じの男たちである。

真ん中には、偉そうにふんぞり返っている小柄でちょび髭を生やした中年男性がいて、
その左側に、筋肉モリモリの大男、右側になんか胡散（うさん）臭そうな笑みを浮かべる赤髪の若者

の三人組。

「ようようよう、景気はどうだい、姉ちゃんよぉ」

そう下卑た笑みを浮かべながら、品性のかけらもなさそうな感じの顔でそうおっしゃったのは三人組のなかで一番体格の良い筋肉モリモリ男だ。

浅黒い肌のスキンヘッドを光らせるその男は鍛え上げた筋肉を見せびらかすように、服はタンクトップに半ズボンである。

「あ、あんたたち！　な、なにしにきたのよ！」

受付のお姉さんが声を震わせながら、でも懸命に声を出す。

強気に言うが、握られた拳は微かに震えていた。怖いのだろう。

なにせ相手は、スキンヘッドに筋肉にタンクトップの合わせ技。

私は親分で耐性をつけているから平気だし、親分に比べたら雑魚感が半端ないから大丈夫だけども、普通だったらあんなのに絡まれたら怖いよね。

それにしても、突然、なんだかやばそうな雰囲気に……。

とか思っていると、男たちの中で一番偉そうなちょび髭男が前に出てきた。

「何しにきたって、それは、もちろん借金の取り立てに決まっているがね？　しかし、見た感じ、こんなしみったれた宿に泊まる人はいないがね。果たして返済できるかどうかあやしいもんだがね」

そう言って、小馬鹿にした顔で受付のお姉さんを見下ろす。

男の服装は、赤いブラウスに黒のネクタイと白のベスト、そして白タイツに黒の半ズボン。衣服には全て金糸で何かしらの紋様が刺繍されている。パッと見た感じ、他の二人はこの男に雇われた護衛的なやつだろうか。

趣味は悪いが三人組の中では、一番上等な衣服を着ている。

筋肉モリモリ男は、明らかに護衛っぽいけど、もう一人のあの胡散臭いニコニコ顔の人は、よくわからない。でも、この三人の中で一番やばそうな感じがする……。

「あ、あんたたちが嫌がらせをしにくるから、客が寄ってこないんじゃない！　第一、まだ返済期日じゃないはずよ！」

受付のお姉さんは果敢だ。震えながらも物申すその様子に、事情はよく飲み込めていない私だけれども、心証的にはお姉さん寄りである。

「またお前か。良い加減にしたらどうだ？　女性を困らせるなんて、はずかしくないのか？」

睨み合う受付のお姉さんと趣味の悪い男の間に、颯爽とアランが割って入る。

ア、アラン！　君ってやつは！　良いところに！

「あん？　なんだがね？」

どうやらアランや私の存在は目に入ってなかったらしいちょび髭男が、ここにきて初めてアランを捉える。

そして、アランを認めると嫌そうに顔を顰めた。

「お、お前……まだこの宿にいたのかね……」

ちょび髭はそう言うと、すっと後ろに下がって、筋肉モリモリ男の後ろに隠れた。

アランの言動と相手の男の反応で察するに、すでにアランは彼らと接触したことがあるらしい。

詳しい事情はよくわからないが、アランが受付のお姉さんを庇うってことは間違いなくこの男たちが全部悪いのだろう。

というか、見るからにして小悪党感半端ないし。

そして小柄な男が後ろに引っ込むと筋肉モリモリ男がのっそのっそと前に来て、怖い顔をアランに寄せてメンチを切った。

その目が言っている。

『あーん？　俺らに逆らおうってのか？　あーん？　舐めた真似すっとぶっ飛ばすぞあーん？　てめえどこ中だ、あーん？』

田舎のヤンキーが言いそうなセリフを私が脳内で補完していると、後ろに隠れたちょび髭男がニヒヒと笑った。

「どうだ！　新しい用心棒を雇ったがね！　反抗的な態度をとったら、こいつらが黙ってないがね！　にひ！　にひひひひ！」

勝利を確信したかのような高笑いが響くが、アランは動じない。まあ、それはそうだろう。なにせ、アランは強い。

魔物相手だって負けないし、魔法使いだし、カイン様の影で隠れてしまっていたけれど剣の腕前も何故かそこそこあるんだから。魔法使いなのに珍しくも体を鍛えているのだ。

とはいえ、ここで暴れるのは、ちょっと……。室内だし。

このお宿の壁や家具に傷がつかないとはいえない。

私はみんなの注意を引きつけるためにパンパンと手を打った。

「まあまあ、皆さん、落ち着いてください。何やら色々ご事情がある様子ですが、穏便に話し合いで解決できませんか？」

唐突に話しかけてきた私を見て、小悪党三人組は訝（いぶか）しげな視線を寄越す。なんだこいつ、とでも言いたそうな感じの顔。

まあ、気持ちはわかる。

「なんだね、チミは。この宿の客かね？　やめといた方がいいと思うがね、こんなボロ宿。大通りをちょっと先に行けばもっといい宿はたくさんあるがね」

突然話に割り込んできたのが小娘と見て、ちょび髭の男が馬鹿にしたようにそう言った。

「ご親切にどうも。でも結構です。こちらはきちんと手入れされて清潔ですし、接客もきちんとされています。申し分ありません」

「何……？」

ちょび髭はそう言うと、じろじろと舐めるように私を見た。

ちょっとあんまり見ないでくれますぅ？

不快に思った私は、早速本題に入ることにした。

「で、話を戻しますが、察するにお金の貸し借りがおありのようですね。おいくら貸していらっしゃるんですか？」

「なんでそんなことを聞くのかわからないがね、まあ隠すことでもないから言うがね、二百万ベイだがね」

「違う！　お父さんの治療費と宿の修繕費で、二十万ベイしか借りてない！　なのに、この男が利子とか言って、どんどん膨れ上がって……！」

そう話に混ざってきたのは受付のお姉さんだ。

「まったく世間知らずなお嬢さんだ。お金を借りれば利子がつくのは当然だがね」

いやいやいやいや、二十万が二百万て、どんだけ利子とってんねんて！　暴利にも程がある！　それともこの国ではそれが普通なの!?

「……それは、相場と比べると随分な利率のような気がしますが？」

相場も何も知らないが、とりあえず言ってみる。

「うるさいうるさい！　契約書にはちゃんとその旨書いているがね！　サインをしたのはこいつだがね！」

と言って、男は懐から契約書らしい紙を渡してきた。

そこに書かれている契約書の内容はひどいものだったが、確かにサインがされている。

「そ、それは……！　あんたたちが！　他のところからお金を借りられないように手を回したからじゃない！　大体、父の怪我だってあんたたちがやったことなんでしょう!?」

「おやおや、それはひどい言いがかりだがね。チミたち親子のためを思って貸してあげたというのに残念だがね」

受付のお姉さんの必死の叫びを、小悪党たちはせせら笑うのみ。いや、一人だけあのニコニコ笑顔の男だけはただただずっと食えない顔でニコニコしているだけだけども。……あの人怖い。

というか、おいおいおい、話を聞く限りこの小悪党、かなりのゲスでは？

お金を自分のところでしか借りられなくさせて、暴利を課して、しかもお金を借りる原因を作ったのも、結局こいつってこと？

「ところで、チミもこの男と一緒で余所者みたいだがねえ」

こいつゲスだわぁとか思っていると、ちょび髭が私を見てきた。

「ええ、まあ……」

「しかりしかり。私の顔を知らないやつは大体余所者だがね。私の名前は、クリスティアーノ＝ペロルドン。この町では有名な大商人だがね。所有する宿屋や店は数知れず。この街のやつらは誰も私に逆らえないがね」

自慢げにそう言って、ちょび髭は自慢のちょび髭をピンと撫でる。得意げだ。

しかし、こいつの言動は気に障る。

私の心の中のヤンキーがむくりと顔をあげた。

話を聞けば、この町の大商人だぁ？　ペロルドンなんていう名前知らねえなあ。だいたい大商人だか、どこ中学出身だか知らねえが、こちとらカスタール王国の王都商人ギルド十中（柱）出身だぞ、こら。

私の心のヤンキーに火がついて思わずメンチを切っていると何か勘違いしたのか、男がにひひとだらしない笑みを浮かべた。

「にひ、にひひ。ぼくちんに見惚れる気持ちはわかるがね、そんな目で見つめられると困るがね」

と、ニタニタ笑いながら、何故か私の顔より下のあたりを凝視した。

顔より下って……。

「ラーニャと比べたら足りないところもあるけど、チミはなかなか可愛い子だがね」

もしかして……足りないって、胸のこと？

やつが言った『ラーニャと比べたら足りない』という言葉に、私の心の中のヤンキーのリーゼントが怒りのあまり逆立った。

あーん？　確かに、受付のチャンネーは豊満だがよ、それが別に私が足りてねえってわけじゃねえだろこら！　別に普通にいいもの持ってるだろがい！

今にも中指を立てんばかりにメンチを切ったが、奴のニタニタ顔は止まらない。

「この街で一番高級な宿の最上階の部屋で共に過ごしてやろうかね？　このぼくちんが、気持ち良くしてやるがね」

ああ？　一番高級な宿だぁ!?　てめえ、まさかこのアタイをホテルに誘ってんのか？　すでに気持ち悪いのにお前と過ごして気持ち良くなるわけねえだろうが、ちょび髭ぇ！　だいたいよぉ、そんな誘いにアタイがホイホイついていくと思ってんのか、あーん？　こちとら恋人のアランの誘い（正確には誘われてない）にもまごついた身の堅い女だぞ、こら。

ホテルの誘いに反応したのは私だけでなかったらしく、アランも「あーん？」って顔してメンチを切り始めた。

魔術師の中でも武闘派なアランさんが黙ってねぇぞ、こら！

まあ、その前に、元カスタール王国商人ギルド十柱出身、神聖ウ・ヨーリ聖国女神担当のアタイが黙っちゃいねえがな！

私の心の中のヤンキーが盛りに盛り上がった私は、「まあ！」と驚いたふりして口元を手で覆い、呪文を唱えた。

どんな頑強な男にも負けない、身体強化魔法である。

みるみるみなぎる力。パワー。そう、力こそが全て。

その力で、ちょび髭の頭を鷲掴んだ。

突然、結構強めの力で頭を掴まれたちょび髭は、最初はびっくりした顔をしていたけれど、次第に痛みで顔を顰めた。

「いた、いたたた。やめろ！　離せ！　なんだこの怪力は！　グリゴリ女め！」

グリゴリというのがよくわからなかったけれどこの国で言う「ゴリラ」的な何かだろう。

十六歳の乙女である私をゴリラ女と評するとは大した度胸だ。

私がそのまま、男を放り投げようとしたところで、ちょび髭の護衛の一人、筋肉モリモリ男が私の胸ぐらを掴んだ。

「てめえ何してやがる！」

と言ってメンチを切ってきたので、私もメンチを切り返した。

「ああん？　そんなの、外に放り投げて……」

と言いながら少しずつ冷静になった。

落ち着いて。落ち着いて私。私というか、私の心の中のヤンキー落ち着いて。

店内で乱闘騒ぎを起こしてはいけない。穏便に、穏便に……。

スーッと冷静になった私は、まず鷲掴んでいたちょび髭を手放した。

「イタタタ……。なんて暴力的な女だがね……！」

と言って、頭をさする。

そして、次に私の胸ぐらを掴む男の手首を掴む。

そのまま力を入れて無理矢理その手を押し返し、掴んだ胸ぐらを離してもらった。

「な、なんだこの女、つ、つええ……」

あり得ない力を加えられ、怯えたような声を出す用心棒を尻目に、私は笑顔を作ってみせた。

「いやですわ。暴力的な女だなんて。何か勘違いをされているようですけど、私はただ、交渉をしたくて声をかけたのですよ」

にっこり商人スマイルとともに、肩掛けカバンから革袋を取り出した。

この革袋には事前に換金していた硬貨が入っている。

少し使ったが、それでも五万ベイはあったはず。

「今日のところはこれでお引き取りを。五万ベイはあります。まだ、返済期日ではないのでしょう？　残りのお金は改めてお返ししますよ」

お金の入った革袋を突きつけると、ちょび髭は胡散臭そうに私を見た。

「何を白々しいこと言うがね！　このぼくちんに暴力を振るったこと、許してないがね！」

「えー？　暴力なんて振るっていませんよ。ちょっと頭を触っただけじゃないですか。お金を渡そうとして、手が滑っただけなんです」

「どんだけ手が滑ったら、あんなことになるだがね!?」

「まあまあ、はい、これ。受け取ってください」

そう言って、私は用心棒の手を無理矢理開かせて、革袋を掴ませた。

「あ、受け取りましたね。ではこれでお帰りを」

お前たちの返答を聞くつもりはない。

そんな笑顔の圧力に負けた小悪党どもは、「お、覚えてろだがね！」とか言いながら、尻尾を巻いて逃げていった。

ただまあ、一人、例のニコニコ糸目の男だけが面白そうにこちらを見ていた気がするが。

「ふー……良かったです。なんとか穏便に済みましたね」

「いや、穏便ではなかっただろ……」

私が額の汗を拭っていると呆れたようなアランの声が返ってきた。

いや、穏便だったでしょ。あのまま行けばここは血の海だったのよ、夜露死苦。

「あ、貴方、お金……。そ、それよりあんなことしたら、やつらに貴方まで目をつけられるわよ⁉」

受付のお姉さんが、ちょっと怒ったような感じでそう言った。

怒ってはいるけれど、内容としては私の心配をしてくれている感じで、ますますお姉さんへの好感度が上がる。

こんないいお姉さんがひどい目に遭っているのに、日和っているようなやつは私の心の中のヤンキーにはいない。

「私は大丈夫です。ですが、ご事情を伺っても良いですか？　力になりたいです」

私がそう言うと、お姉さんは戸惑うように瞳を揺らした。

## 転章Ⅲ　ラーニャと憧れの騎士様

日が沈み、宿の食堂もしまって後片付けを始める時間だった。

皿洗いをしている父の背中に向かって口を開いた。

「さっきペロルドンから、妾(めかけ)にならないかって、言われた」

私がそう声をかけると、父は驚いた顔で振り返った。

「……それで、なんと答えたんだ？」

「考えさせてって」

「考える？　ラーニャは、あいつの妾になってもいいのか？」

「そんなの……」

嫌に決まってる！

でも、ペロルドンは、バスクの中でも有名な商家の跡取り息子。加えて悪評の絶えない人。

あいつに商才なんて丸っきりないけれど、親が築いた資産は膨大で、権力もある。やつに歯向かえば、私と父で営んでいる宿なんてひとたまりもない。

言葉に詰まる私の前に父がやってきた。少し屈んで目線を合わせてくる。

大事な話をする時、いつも父はそうしてくれるのだ。

「ラーニャ、気にするな。ちゃんと断ったらいい」

「お父さん、でも、そんなことしたら宿が……」

バスクの町には宿屋がたくさんある。海があるので観光地としても有名だし、唯一隣国との交易ができる港を保有しているので、商人たちが集まってきて宿を利用する。

うちの宿は、そんなバスクの宿の中でも、評判も良い。

だけど、ペロルドンに目をつけられたらおしまいだ……。少なくとも、ペロルドンの反感を買うのを恐れる商人たちの利用は見込めなくなる。

「大丈夫だ。うちの宿にはお得意様もたくさんいる。ペロルドンなんかに潰されない」

そう言って、私の頭をわしわしと撫でた。

子供っぽい慰め方にホッとして子供みたいに泣きたくなった。

もう、成人しているっていうのに……。

「それにラーニャは子供の頃からずっと言っていたろ？　身を挺してラーニャを守ってくれる騎士様のような人と結婚したいって。ほら、金髪の騎士の絵本がお気に入りで何度もせがまれて読んだよなぁ」

「もう！　それ、いつの話よ！」

確かに、絵本に出てくる騎士様に憧れていたけど！　でも現実的に考えて、そんな絵本に出てくるような人と出会えるわけないし。

　でも……。

「ありがとうお父さん。ペロルドンにはちゃんと断っとく」

「おう、それがいい」

　そう言って父は皿洗いを再開した。

　いつも通りでいてくれる父がありがたかった。

　そしてそのいつも通りの風景がこれからもずっと続くと思っていた。

　なのに……。

　父は事故で足に重症を負った。私がペロルドンに妾（めかけ）のことを断った数日後だった。絶対にペロルドンの差金（さしがね）だ。

　でも、そうだとわかっても、どうすることもできなかった。

　ペロルドンは、弱った私たち一家の元にやってきて、自分以外を頼れない状況にして理不尽な契約を負わせてきた。

　私に残ったのは、理不尽に増え続ける借金と、足を痛めて寝たきりの父と、客の来ないこの宿。

　今までうちの宿を利用してくれていたお得意様は、ペロルドンの嫌がらせのせいで来なくなった。

新規でお客様が来ても、頻繁に見せしめのように借金の取り立てにくるペロルドンのせいで、離れていく。

今宿を利用してくれるのは、数日前にふらりと訪れたアラン様という長い黒髪の男の人だけ。

でも、きっと彼も今日で宿を離れていく。

だって、彼の目の前で、またペロルドンが柄の悪い男を連れて、怒鳴り散らし始めたのだから。

「なあ、にいちゃんよぉ、こんなしけた宿より良いところあるぜ？」

柄の悪い男がそうアラン様に言っているのをチラリと見てから、私はペロルドンを睨(にら)みつけた。

「営業妨害です！　やめてください！」

「なんだがね、その目つきは。……さてはやっと私の魅力に気づいたがね？」

そんなわけねーだろ！　と怒鳴って思いっきり引っ叩きたい衝動を堪(こら)える。

こいつは私の話をまるで聞かない。

「これ以上、私につきまとうのはやめてください！」

「何を言っているんだがね。もっと素直になったらどうだがね？　今なら私の四番目の妾(めかけ)

として大事に飼ってやるがね」

にやにやといやらしい笑みを浮かべて、私の胸元を鼻の下を伸ばして見ている。

気持ちが悪い！　気持ちが悪い！　こんなやつの妾なんかに、絶対になりたくない！

でも……。

私は唇を噛んだ。

もし、ペロルドンの妾になったら、楽になれるのだろうか……。

借金はどんどん膨れ上がって、もう、返せる見込みはない。活気のあった宿も、今は人が寄り付かなくなった。正直、日々の生活にすら困窮している。

父の足を壊し、宿に人を寄り付かなくさせ、私の人生をめちゃくちゃにしたこの男のものに、私はなるしかないのだろうか。

悔しい。何もできないことが悔しい。

こいつにさえ目をつけられなければ、父は足を怪我(けが)することもなかった。もしかして、全部私のせい？　私の……。

もう、楽になりたい。

この男の四番目の妾になれば借金もなくなる。嫌がらせもなくなる。

父のことだけが気がかりだけど、ペロルドンに言って父が回復するまでは生活費だけでももらえばいい。

そうだ。そうしよう。

母は私が幼い頃に病気で亡くなってしまったけれど、仲の良かった二人のことは覚えている。私も父と母のように、好き合って結婚するのが夢だった。絵本に出てくる騎士様のように私のことを身を挺して守ってくれるような人と一緒になりたかった。

でも、もう私は子供じゃない。夢を見る時間は終わった。

「私……」

妾になる、そう言おうとした時、ペロルドンが連れてきた柄の悪いやつに絡まれていたアラン様の声が聞こえた。

「食事もうまいし、部屋も清潔だ。あまり他の宿に泊まったことはないが、悪い宿ではないと思う」

淡々とした言葉だった。でも、嘘じゃないとわかるまっすぐな言葉。

「あーん？　なんだ、お前、じゃあ俺の言うことが間違ってるって言いてえのか？」

ペロルドンが連れてきた男はそう言うと拳を振り上げた。

「や、やめてください！」

私は咄嗟に飛び込んで、男の腕にしがみついた。

母が亡き後、父と二人でここまで育てた宿を褒めてくれたアラン様に怪我をさせたくない。

「うるせえ女だなぁ。ペロルドン様、この女、一回痛い目見ないとわからねえんじゃねえですかね？」

男がそう言って顔をペロルドンに向けた。

何？　痛い目を見る？　それって……。

さっと血の気が引く。恐る恐る視線をペロルドンに移す。彼はにこりと笑った。

「それもそうだがね。ちょっと懲らしめた方が素直になるかもしれないだがね。ああ、顔には傷をつけないように気をつけて欲しいがね」

目を見開いた。こいつ、自分が好いているはずの女が殴られても良いってこと？

「流石、ペロルドン様だぜ」

男はそう言うと、空いている方の腕を振り上げる。

ああ、殴られる。そう思った時だった。

「おい、女性に手を上げるのはここでは普通なのか？」

不機嫌そうな声。声の主を見ると、アラン様がいた。アラン様が男の振り上げた腕を掴んでいた。

「ああ？　お前、邪魔するつもりか？　この俺とやり合おうってぇ……きゃひっ！」

怖い顔で恫喝していた男が、子犬みたいな鳴き声を出して床に尻餅をついていた。

よくわからなかったけれど、アラン様が掴んだ男の腕を捻った上に、足を引っ掛けていたような気がする。

　アラン様が戸惑う私の方を見た。

「事情はよくわからないが、手を出しても問題なかったか？　……いや、もう手を出してしまった後だけど」

「は、はひ……助かり、ました……」

　どうにか、そう答えると、一気に力が抜けて私も床に尻餅をついてしまった。腰が抜けた……。

「てめえ、よくも！」

　そう言って倒れた男が立ち上がろうとした。でも……。

「なんだこりゃ!?　鎖……!?」

　いつの間にか、男の足元に鎖が巻かれていた。

「な、な、な、なんだね、チミは！　このぼくちんに逆らって良いと思っているんだがね!?　ぼくちんは、この港町バスクを仕切る大商人、ペロルドン様だがね！」

　顔を真っ赤にしたペロルドンがそう言って、鼻息荒くアラン様に食ってかかってきた。

　アラン様は少しだけ眉を顰（ひそ）める。

「名乗られても……俺はお前のことを知らない」

「はあ!?　ぼくちんを知らない……!?　馬鹿な！」

ペロルドンは唇をわなわなと震わせる。

「お、おい！　早くこいつをとっちめるだがね！」

「し、しかし、すいやせん！　この鎖、外せなくて……！」

ペロルドンはキーキー高い声で連れている柄の悪い男に命じたが、男はまだ足元に絡まった鎖が外せないらしく、尻餅をついたまま。

その様を見たペロルドンの顔色がますます赤くなる。

そして、キッとアラン様の方を見た。

「きょ、今日はこれで勘弁してやるだがね！」

そう言って、ペロルドンがどんどん足音を鳴らしながら宿を出ていき、連れの男は縛られた両足でどうにか立ち上がり、ぴょんぴょん飛び跳ねながらそれを追いかけて行った。

もちろん、「覚えてろよ！」と捨て台詞を残して。

あっけにとられていると、目の前に手が差し出された。

「大丈夫か？」

アラン様の手だ。心配そうに私を見つめるその緑の瞳があまりにも綺麗で。

もともと、素敵な人だと思っていた。容姿が整っているのはもちろん、どこか洗練されていて、何をするにも絵になるというか、物腰も落ち着いていて……。

私はぼーっとしながらその手に自分の手を重ねた。

そういえば、絵本に出てきた騎士様の髪は金色だったけれど、瞳は緑色だった。
アラン様みたいな色だった。

# 第六十二章　悪徳商人編　隣国に来てもいつもの二人

私たち三人はお姉さんのお宿の一室の卓についた。

気を利かせてくれたのか、水らしき飲み物も出してくれた。ありがとうお姉さん。

一口飲んでみると、少ししょっぱかった。それとレモンの風味がある。

このあたりは乾燥しやすい地域みたいだし、純粋な水が取りにくかったりするのだろうか。まあ、このちょっと塩気のある水も、レモンと合わせているからさっぱりしてなかなか美味しい。

「それで、事情というか、あいつらのことなんだけど……」

と腰掛けたお姉さんが、言いにくそうに語り出した。

彼女はラーニャさんといって、もともと父親と一緒にこの宿を切り盛りしていたらしい。

しかしある時、あのペロルドンがラーニャさんを気に入ってしまってその日常が崩れた。

「ペロルドンが、私に妾(めかけ)になれって言ってきて断ったの。それからよ、嫌がらせされるようになって……」

　振られた腹いせだったか。あいつ最悪だな。あの自慢げなちょび髭の一本か二本ぐらいは抜いておいた方が良かったかもしれない。

「お父さんも、無理をしなくていいって言ってくれて。だって年も離れているし、なによりあの男は他に三人も妻と妾(めかけ)がいるし……」

　さ、三人も!?　こ、この国って、一夫多妻制なの!?

「でも、そしたら……お父さんが、大怪我(けが)をして……」

　と言ってラーニャさんは言葉を詰まらせた。

　沈鬱な表情には後悔の色が見える。

「お父様の怪我というのが、あの、ちょび……ペロルドンの差金(さしがね)ということなんですか？」

　ペロルドンとラーニャさんが話していた時、そんなことを言っていたのを思い出して尋ねると、ラーニャさんは頷(うなず)いた。

「証拠はないけれど、でも絶対そうよ。やつしかいない。父はいつもの食材の買い出しの途中で、誰かに押されたって言っていた。そしてその時ちょうど通った馬車に轢(ひ)かれて……父は、足の骨を折る大怪我をしたの」

「お父様は今は？」

「まだ歩けはしないけれど、命に別状はないわ。知り合いの治療院で看てもらっている。このまま宿にいたら、また狙われるかもしれないから……」

「ペロルドンとの会話を聞く限り、借金があるようですが、お父様の治療費のため、ですか？」

「そうよ。薬も必要で、貯蓄分だけでは足りなかった……。しかもあのペロルドンが手を回して、他にお金を借りられないようにしたの。それで……あの理不尽な契約に乗るしかなかった」

あー、なるほど。会話で予測していた通りのゲスの所業だった。

「それでも、まだ返せなくもないと思っていた。この宿を繁盛させればって……でも、あいつらが頻繁に借金の取り立てと言ってうちの店で暴れるから、次第に客が減っていて……正直、もう日々の暮らしでさえ厳しくて……」

泣きそうな声だった。痛ましい。

あいつ許せねぇ。再び私の心の中のヤンキーがゴングを鳴らすが、まだ話し合い中のためどうにか押し込めた。

「そうですか。返済期日はまだ先だとおっしゃっていましたが、具体的にはいつですか？」

「明後日に、とりあえず二十万ベイ」

私がさっき渡した五万を差し引いても、残り十五万。

市場を見て回った感じ、ベイメール王国の人が、一ヶ月暮らすためには六万ベイは必要そうだった。となると、十五万ベイは一ヶ月の生活費の倍以上。

それを明後日までというのは、ちょっとキツイな……。

「それは、返せそうなのですか？」

私の問いかけに、ラーニャさんは悲しそうに首を横に振る。

まあ、あの話ぶりだとお金なさそうだったもんね。

どうしたものか、と頭を捻る。正攻法を取らなければ挽回の手立てはいくつか思いつく。

それに、ラーニャさんのお父さんの怪我も、生物魔法で治るはずだ。だけど、堂々と生物魔法を使えば、また変なトラブルに巻き込まれることは必至。

そもそもこの国では魔法というのはどういう感じになっているのだろうか。魔法使いっているのかな。

私が色々考えていると、ラーニャさんがキッと顔を上げた。

「だからあの……！　リョウさんが悪い人じゃないのはわかるんですけど、でも、私からアラン様を奪わないでくれますか⁉」

「……え？　アランですか？」

思ってもみないことを言われて、私はアランを見た。

アランも不思議そうな顔している。

「アラン様は、あいつらの嫌がらせで困っていた時に、唯一助けてくれたんです！　それに、やつらの嫌がらせも気にせずに、うちの宿を使い続けてくれて……！　お願いです！

私にはもうアラン様しかいないんです！」

アランしかいない⁉　それって、もしかして……。

いや薄々はそうじゃないかと思ってはいた。

だって、今こうやって話し合っている最中も……静かで……。

「もしかして……この宿に泊まっている人、アランだけ、ですか？」

私はラーニャさんの目を見て確認した。

すぐさま核心をつかれたからか、ラーニャさんは目を丸くする。

「ああ、そういうことか。そういえば最近、他の客人に会ったことないな」

アランもそう続けたので私は自分の推測の正しさを確信する。

もうアランしか客人いないのに、どこか行かないでと言っているのだろう。

私がこの宿に泊まることを最初渋っていたように見えたのは、もし私が小悪党の数々の嫌がらせが嫌になって、アランに他の宿に泊まりたいと言い始めたりしないか不安だからに違いない。

「えっ、いや、それは確かにそうだけど、私が言いたいのはそういう意味じゃ……」

と何かを言いかけるラーニャさんの手を私はとった。

「大丈夫ですよ。私は逃げたりしません。迎え撃つ覚悟です」

ラーニャさんは戸惑うように眉根を寄せる。

そして、今後の算段もついた。

相手はこの街の大商人だかなんだか知らないけど、私はカスタール王国商人ギルド十中（柱）出身、神聖ウ・ヨーリ聖国女神担当。

そんじょそこらの大商人とは格が違うってところ見せてあげるからね、夜露死苦。

まずは情報収集とばかりに、私とアランはとりあえず宿を出て外を探索することにした。

ラーニャさんの話ぶりからして、彼女は嘘は言っていないだろうけれど、それでもラーニャさんの言葉だけを聞いて状況を判断するのは危険だ。

もしかしたらあのちょび髭が正当に商売をしているだけの可能性もある。

ということでしばらく町の人に色々探りを入れてみたが、あのちょび髭の評判は最悪だったし、やはりあの利率は異常。間違いなくちょび髭はギルティ。

となれば、もう実行に移すのみ。時間はないから、早め早めに行動せねば。

市場に繰り出して、ちょっといい感じの置物的とか、神秘的そうな何かを買うか……。

いや市場だと、足がつく。

海岸の方に行っていい感じの岩とか、漂流物でも探す？

「リョウは、やっぱり相変わらずだな」

歩きながら色々考えていると、アランの柔らかい声が聞こえてきて、そちらに顔を向けたらおもしろそうにこちらを見て笑うアランがいた。

あ……！　自分の考えに没頭しすぎていた。

「すみません、再会して早々に、なんだか面倒なことに振り回して……！」

「いや、いいよ。俺も、あの宿のことはずっと気になっていたし。それに……」

と言って、アランは優しく目を細めて微笑(ほほえ)んだ。

それだけでどきりとした。

「俺は、そうやって夢中になって何かをしているリョウも好きだから」

好きだから、好きだから、好きだから……。

私の脳内でアランの言葉がリフレインする。

ていうか、え、今まで気づかなかったけれど、アランてこんな目で私を見ていたっけ……？

あんな、愛しくてたまらないとでも言いたげな瞳で……。

急に気恥ずかしくなって、体温もきっと二度ぐらいは上昇したような気がした。

「あ、あああ、あ、ありがとう」

か細い声でそれだけ返す。

どもりすぎだろう、私。相手はアランだぞ！　もと私の子分で、幼馴染(おさななじみ)で……そして今は私の好きな人だ。

今まで、アランにあんな目で見られて、平気だった自分が信じられない。

なんなの、以前の私、人の心がわからないサイボーグかなんかだったの？

「それより、これからどうするつもりなんだ？　なんかあてがあるみたいだったけど」

ドギマギしている私に気づいているのかいないのか、なんてことないようにアランが話題を変えてきた。

な、なんなの!?　ちょっと平然としすぎない!?

まあ、いいけども！

「これから、海辺に行こうかと思っています。いい感じの岩か、神秘的っぽい感じのものが落ちてないか、探しにいきたいんです」

「いい感じの岩に神秘的なもの……？　よくわからないが、それなりの大きさの岩とか石があれば、俺の魔法を使って形は変えられると思うが」

アランの提案に私は目をカッと見開いた。

それだ!! よく考えたら、アランがいるじゃないか! なんでもできる魔術師様!

「そうでしたね! すっかり忘れてました、そうしましょう! あ、そういえば、この国では魔法ってどういう立ち位置なんですか?」

これを機に、ずっと気になっていた疑問を投げかけた。

町の様子を見る限り、あまり魔法が浸透しているようには見えないんだよね。

「俺が知っている限りだと、この国に魔法使いはいない」

「え!? 魔法使いがいない!?」

「正確には、魔法使いの素養を持つやつはいるが、肝心の呪文を知らないから魔法が使えないといった感じだ」

あー、なるほど。そうきたか。

カスタール王国では、呪文は厳重に管理されていた。魔の森を隔てた遠い隣国が呪文を知らないのも頷(うなず)ける。

呪文がわからないなら、魔法は使えない。それはもう魔法使いとはいえない。

「では、カスタール王国のように貴族が魔法使いとか、そういう文化ではないということですか?」

「そうだな。でも、一部の魔法使いの素養を持つ者は『シャーマン』って呼ばれて、優遇されてはいる。魔術師の素養があれば光り輝く粒子のようなもの……魔素が見える。それに、精霊使いの素養があるやつなら精霊が見える。呪文が唱えられなくても、その魔素や精霊の動きが見えるから、そうやって天候や未来の吉凶を占っているみたいなんだ」

シャーマンか。吉凶を占って国を統治……。となると、前世の世界の感覚に似ている、かな？　邪馬台国（やまたいこく）とかのあたり。

「そういえば、アランはどうやって生計を立てているんですか？」

「ああ、これだよ」

アランはそう言って、懐から何かを取り出した。

これは……人形？　可愛い猫ちゃんの置物のように見える。

「石を魔法で加工して、売っている。俺が魔術師であることは隠しているから、カスタール王国からの輸入品ってことにしているけど」

まあ、魔術師であるアランなら稼ぎようはいくらでもあるよね。

魔術師は鉄ぐらいなら思いのままに加工できる。つまり、この国の硬貨の一部も偽造できなくもないわけで……そうつまりアランさえいれば、小銭には困らない。密かに造ってしまえば……。

は、いけないいけない。私ったらなんて恐ろしいことを……！

それにしても、アランてば意外と慎重だ。ちゃんと魔法のことは隠しているし、売り物も可愛い置物。

アランの力なら、剣とかもちょちょいのちょいで作れるわけで、アラン製の武器がこの国に浸透したら、誰もアランに逆らえない。なにせ、逆らうための武器はアランに握られていて、いざ逆らったらアランによって武器は消えていく。

そうつまり、カスタール王国のように国を支配でき……。

「よかったら、俺の工房によっていかないか？」

私が闇深い妄想に浸っていると、光属性のアランがそんなことを聞いてきた。

私は一体なんでいつもこんな不穏なことを考えてしまうのだろうか……。

それにしても、工房？

「この小物とかを作っているところですか？　是非行きたいです」

ついでに、そこで、ペロルドンをギャフンと言わせるための神秘的な何かを作ってもらお。

私は、アランの誘いに応じると二人で並んで海辺の方に向かった。

アランの工房は、海岸の崖にあった。入り口は蔦(つた)や岩で巧妙に隠されていて、教えてもらわないとたどり着けない感じだ。

アランはやはりなかなかの慎重派である。

アランは工房の中に入ると明かりをつける。

十畳ほどの部屋だろうか。机や椅子に、絨毯（じゅうたん）など、必要最低限の家具はある。

そして絨毯が敷かれていない端の方を見ると、無加工の石的なものがゴロゴロ転がっていた。

あとは、アランが作った完成品らしき作品もちらほら。

「なんにもないけど、座っていてくれ。作ってほしいもの決まったなら今作るよ。材料もある」

ですね。大きめの石がいっぱいだ。

私は腕を組んで考える。

どうしたものか、何がベストだろう。なんでもいいような気もするけれど、なんでもいいと思うと逆に迷うというかなんというか。

私が少し迷っていると、工房に置かれている作品の一つが目に留まった。

人の顔ぐらいの大きさで、何故かそれだけ白い布がかかっている。

そしてそのそばに、『女神』と文字が彫られていた。この作品のタイトルっぽい。

「これ、なんですか？　女神って書かれていますけど、すでに神秘的な感じの置物があるなら、それでも……」

そう言いながら、私はその作品の前に。

「え!?　いや、それは……！」

なんか慌てたようなアランの声が聞こえたが、私はかかっていた白い布を取り払った。

するとそこにあったのは……。

「これ……わ、私……？」

私の顔をした石像だった。私が、なんか木に生ったりんごを取ろうと腕を上げている石像。

正直、実物の私より美化されている感あるけれど、私だ！

そして、この石像が「女神」というタイトルだったことを思い出し、私の脳内にタゴサクの顔が浮かんだ。

「ま、ま、ま、まさか、これ、タゴサクさんに頼まれて⁉」

もう逃げ切ったと思ったタゴサクの魔の手に戦慄した。まさか、タゴサクの魔の手が遠い隣国にまで⁉

「ち、違う……！　ていうかタゴサクって誰だ！　こ、この石像は……」

なんかもごもご言っているが、タゴサクの魔の手ではないらしい。

でも、女神ってことは……。

もしかしてアラン……。

「アラン、もしかして、ウ・ヨーリ教徒だったんですか⁉」

私の声は恐怖で震えていたと思う。

だって、よりにもよって、アランがウ・ヨーリ教徒だったなんて！

「違う！」

「じゃあなんで、私の石像なんて⁉　しかも『女神』と名付けるなんて……」

絶対、ウ・ヨーリ教徒じゃん。こんなのウ・ヨーリ教徒の所業じゃん。

「……これは、ここまできて未練たらしいけど、やっぱり忘れられなくて、気づいたら創っていた、だけだ」

アランがなんかバツが悪そうに、思ってもみなかったことを言ってきた。

え……？　忘れられなくて……？

「で、でも、だって、女神って……」

「それはだって、リョウは……俺にとって、女神だから」

「え？　ウ・ヨーリ教徒的な意味で？」

「だから、違うって！　そこから離れろよ」

や、だって、ほら、私、長いことウ・ヨーリ教徒っていうかタゴサクに苦しめられてきたからさ……。どうしてもね。

少し頭が冷静になってきた私は改めて石像を見た。

風に靡く髪の一つ一つまで丁寧に再現されたその石像は本当に精巧で、正直、実際の私よりも綺麗。

思わず見入っていると、後ろからアランに抱きしめられた。

「わかるだろ。俺にとって、リョウはずっと女神だ。出会った時からずっと」

私はアランの口から漏れる甘さを含んだ声で、やっと理解した。

あーーー！　そういう、そういう女神ね!?　あーーやばいやばいやばい。

ていうか、アラン、耳元でそんなこと言ってあんた！　突然、そ、そんなの、お、お客様困ります！　特に急な後ろからのぎゅは、困ります！

脳内の全私が混乱していた。

恥ずかしさで沸騰しそう……。

しかし、一人翻弄されているのも悔しいので、私はどうにか顔を上げた。

「わ、私……こんなに綺麗じゃない」

か細い声でどうにかそう答える。負けない。私は負けないぞ。

「本物のリョウの方がずっと綺麗だ。俺の目にはもっと綺麗に映っている」

あーーー！　なんて甘いこと言うの！　アランのくせにー！　はい負けーー！　私の負けでいいです！　はい解散!!

と言って解散できるわけもなく、項垂れた。

……のぼせそうなんですけど。

「……アラン、そんなこと言って恥ずかしくならないんですか？」

「なんでだ？　別に思ったことを口にしてるだけだし……お父様もお母様にはこんな感じだった」

ああそういえば、アランのお父様は生粋のポエマーだったもんね。その甘い言葉の数々で見事魔法使いのアイリーン様の心を射止めた猛者。

ポエマーの才能は、カイン様にだけ受け継がれたのかと思っていたけれど、アランだって彼の英才教育を受けていたのだ。それは手強いはずだ……。

「本当に、リョウがここにいるなんて、今でも信じられない。夢みたいだ」

まだまだアランの甘い言葉ターンは続く。お願いもうやめて。私のHPはゼロよ。

「それに、今日の装いもいいな。こう、全体的に茶色で……カラッと揚げた鶏の唐揚げみたいだ」

……。

おい、何故、淑女の服装を揚げ物で表現しようとした？

茶色なのは、長旅になるから汚れてもいいように選んだだけで……好き好んで茶色にしたわけじゃないし、というかなんでよりにもよって唐揚げ!?　まあ、美味しいけどね!?

そういえば、アランは昔から服装を褒めるセンスが壊滅的だった。

以前はお気に入りのドレスを焼き芋ドレスだとか言われた気がする。

私のHPは急激に回復し、ここにやってきた当初の目的を思い出した。

そう、なんか、神秘的なものをアランに作ってもらいにきたのだ。

私は、首だけ振り返ってアランを見た。

「それより、これからアランに作ってもらう石像のことなんですけど、ドラゴンってどう思いますか？」

HPが十分に回復した私は早速本題に入る。

一時期、すでに神秘的な置物があるならそれ使えばいいじゃんと思ったが、私の顔の石像なら使えないからね。

「ドラゴン？　ああ、あの大きなトカゲみたいな、神話に出てくる怪物のことか？」

カスタール王国ではドラゴンはただの怪物だ。偉大なる魔法使い様にやられて、その偉大なる力を見せつけるための悪役的存在。

「そうです。カスタール王国ではあまり評判良くないですけど、この国だとそう悪い印象ではないみたいですよね。市場を見ていたら、色々な物にドラゴンのモチーフが施されていましたし」

「ああ、確かに、この国ではドラゴンは守り神的な感じだな。俺も仕事でドラゴンの模様を刻んだものが欲しいと頼まれたことがある。リョウが作って欲しいもの、ドラゴンの石像か？」

「うーん、それも迷いましたけれど……」

と私は、腕組みをする。

やっぱり、ドラゴンじゃなくて……。

「岩で、卵っぽいものを作れますか？　ドラゴンの赤ちゃんが入りそうな大きめの卵の石像です。できれば中は空洞で」

「わかった。ドラゴンの卵だな」

アランは二つ返事でそう答えると、私から離れてどの石にするかとまず石の選別作業に入った。

あとは職人アランにお任せしよう。

私は、頼もしいアランの背中にエールを送った。


「え？　ドラゴンの卵……？」

突然、宿の受付の前にででんと置かれた丸い物体を見て、ラーニャさんが訝しげにそう言った。

この丸い物体は、アランに石で作ってもらったドラゴンの卵（嘘）。

黒光りする卵の質感は、職人アランのお力によりリアルに再現。

全てがツルツルというわけでもなく、天然の卵のように多少のざらざら感を演出。

一抱えほどあるその卵はなかなかのサイズなので、宿の受付に置かれるとものすごい存在感がある。

「そうなんです。幸せを運ぶドラゴンの卵」

「何それ……幸せを運ぶ？　胡散臭い」

ラーニャさんは疑いの眼を私に向ける。

まあまあ、胡散臭いのは仕方ない。実際嘘だし。

「嘘だと思うのなら、ラーニャさん、ちょっと一晩、この宿にお客様として泊まってみてくれますか？　そうすれば、きっと、この卵が本物のドラゴンの卵だとわかります」

「え？　それってもしかして一晩泊まったら、願いが叶う的な？　借金返せるみたいな？」

一瞬ラーニャさんの顔が明るくなる。

「いや、借金かどうかはわかりませんが……良いことがあるかもしれません」

「えー、良いことぉ？　そんなこと言われてもねえ。だいたい、この卵受付にあるとちょっと邪魔なんですけど……」

なかなか信用してくれない……。

すると私の隣にいたアランが動いた。

「リョウの言う通りにしてくれるとありがたい。悪いようにはしないから」

アランのフォローに、ラーニャさんの目の色が変わった。

「やーん、アラン様がそう言うのなら、そうします！」

キャピっと音が聞こえそうな笑顔でラーニャさんが応じてくれた。

良かった、二人がかりの説得でどうにか了承してもらえたようだ。よーし！　そしたら、あとは、夜を待つのみ。

そして次の日。

「で？　泊まったけど、何も起こらないけど？」

「大丈夫ですよ。そのうちわかります」

ぷくっと不満そうに頬を膨らませたラーニャさんをそう言って宥める。

「まあ、良いけどね。私に文句言う資格ないし。借金のことは、自分の力でどうにかしないといけないんだから」

そう言ってラーニャさんは頬杖をついてため息を落とした。

「まだ落ち込むのは早いですよ、ラーニャさん」

とちょうど私が声をかけたその時、宿の扉が勢いよく開いた。

「ラーニャ！　戻ってきたよ！　ラーニャー！」

そう言って現れたのは、ラーニャさんとおんなじ栗毛色の髪をもつ中年男性。

彼の姿を認めてラーニャさんは目を瞬かせる。

「……え？　……お父さん!?　なんで、お父さんが……足は!?」

「それがよくわからないんだが、今朝起きたら足の怪我が治っていたんだ！」

興奮したような顔でラーニャパパがそう告げる。

「え？　え？　治った？　治ったって、だって、もしかしたら、一生歩けないかもって……」

「そうなんだけど、治ったんだよ！」

そう言ってラーニャパパはラーニャさんの肩に手を置くと、もう歩けるんだとアピールするかのように何度も足踏みをした。

「うそ、本当に、本当に……？」

ラーニャパパの足が完治しているのを見て、ラーニャさんの目が潤んでくる。

そして、宿に年配の男性も入ってきて、ラーニャさんはその人を見るとハッとして顔を上げた。

「先生……！　お父さんの足が！　先生が治してくださったんですか？」

年配の男性は医者的な存在らしい。ラーニャパパは、知り合いの治療院に置いていると言っていたので、その治療院の人だろう。

「いや、それがわしにもさっぱりで。今日になって突然治ったんじゃ！」

年配の男性が興奮冷めやらぬ様子でそう言う。

その声が、思いの外に大きかったのと、宿の入り口での出来事だったのとで、大通りの人たちが興味津々でこちらを見ているのが目に入った。

よしよし、いい感じである。

「奇跡だよ、ラーニャ！　奇跡が起こったとしか考えられない！　お前には不自由な思いをさせたが、もう大丈夫だ！　私がついてる！」

そう言って、ラーニャパパはラーニャさんを抱きしめた。

「お父さん、お父さん……！」

そしてラーニャさんも、ラーニャパパを抱きしめ返す。

感動的な親子の対面に、ちょっと私も釣られて目が熱くなった。

こういうの見ると、コウお母さんに会いたくなっちゃう。

「しかし、本当に奇跡としか言いようがないんじゃ……一体、何故……」

と年配の男性がこぼしながら、何かに気づいたように視線を受付のカウンターテーブルに止めた。

「あれは、何かね？　あの、大きな黒い卵のようなものは」

ほほう、ご老人。目の付け所が良いですねえ。

私は、商売人の笑顔を貼り付けた。

「ふふ、気づかれましたか。こちらは幸せを運ぶドラゴンの卵です」

「幸せを運ぶ、ドラゴンの卵？」

「ええ、偉大なる守護神ドラゴンが眠る卵。人の子の願いを気まぐれに叶えてくださいます」

「何⁉　そんな力が⁉　ま、まさか、ダーダスの傷が治ったのも⁉」

ダーダスというのはラーニャパパの名だ。

私はここでにっと笑みを深くして頷(うなず)いた。

「おそらく、そうでしょうね。ラーニャさんの願いを叶えたのでしょう」

私がそう言うとみんなの視線がラーニャさんに集まった。

「え、うそ……本当に？」

とみんなの視線を受け止めながらラーニャさんが戸惑う。にわかには信じがたい、そんな感じだ。

「しかし、私の傷が突然治った理由は、それしか考えられない気がしてきたぞ……！　ドラゴン様がラーニャの願いを叶えてくれたんだ！」

実際に奇跡を体感しているラーニャパパがすぐに信じた。

宿の外で様子を見ているギャラリーたちもどよめき始めた。

「良いのう、良いのう。わしの願いも叶えてくれんだろうかのう」

羨ましそうにおじいちゃんが言うので、待ってましたとばかり私は頷いた。

「卵の中にお眠りになっているドラゴン様は寛容なお方。もしかしたら願いを聞き入れてくださるかもしれません。ちなみにどのような願いですか？」

「最近腰が痛くてのう、それをちょっと良くしてもらえたら……」

「それぐらいなら、卵ドラゴン様のお力をもってすれば簡単なことかと。しかし、願いを伝えるために、まずはこの宿に泊まる必要があります。今現在卵ドラゴン様はこの宿を己の聖地と定めました。この地で食事をとり、寝ていただく必要があります」

「何⁉　つまりこの宿に泊まるだけで、卵ドラゴン様のご恩情をいただけるですと⁉」

「まあ、そうですね。ですが、気まぐれなお方なので、全ての願いを叶えるわけではありません。しかし一度、試してみる価値はあるかと」

私の言葉におじいちゃんが喜色を浮かべた。しかしすぐに目を眇める。

「しかし、卵ドラゴン様の聖地の宿。一晩とはいえ泊まるとなると……お高いのじゃろう？」

通販番組によく出てくる台詞をここぞとばかりに言ってくれたおじいちゃん、ありがとう。

私は事前に用意していた、料金を記した木の板を掲げ持った。

「清潔な寝床に、美味しい料理、しかもしかも卵ドラゴン様のご利益がついて、なんとたったの六万ベイです！」

市場調査を行った結果、高級宿は大体このぐらいの値段設定だった。結構高めに設定してみました。ちなみに、ラーニャさんのお宿のもともとの料金は、一泊一万ベイほど。

「ほほう、これはなかなか。しかし、これで願いが叶うなら、安いというもの。よし、わしも……」

と一瞬乗り気になったが、しかしそのつぶらな瞳で窺うように私を見た。

「ただ、もうちっとお安いと、もっと助かるんじゃがのう……」

おじいちゃんがおずおずとそう申し出てきてくれた。

あまりにも、通販番組な流れで一瞬このおじいちゃんをサクラ的な感じで雇ったかな？と錯覚しそうになったが、雇ってはいないはず。

私は先ほど掲げた料金表を下ろすと、黒炭を取り出した。

「なるほど。わかりました！　ならば、今だけこの価格！」

私はそう言うと、黒炭で料金を書き換えた。

「半額以下の、一泊二万ベイ！　卵ドラゴン様のご利益のあるお宿に、今なら二万ベイです！　今だけ！　今だけですよ！」

カッカッと私は黒炭で看板を叩いた。

「よーし、泊まりゅー！」

おじいちゃんは勢いよく挙手してそう言った。本当に腰を痛めているのかと言いたくなるほど軽快な動きで、頬は薔薇色に上気していた。

その声を聞いて、先ほどから入り口付近で様子を窺っていたギャラリーたちも色めきたった。

「お、俺も……！　俺も泊まらせてくれ！」

「私も良いかしら？　母の体調が悪くて、ぜひ卵ドラゴン様にお願いしたいの！」

「泊まらせてくれ！」

店内に何人かの人が入ってきて口々にそう言った。

とはいえ、まだ数人。他の人たちも興味はあるが、まだ様子見といったところだろうか。

でも予想よりも食いつきがいい。あの通販番組にいそうなおじいちゃんのお陰である。

感謝を込めて通販おじいちゃんは一番いい部屋に泊まらせてあげることにしよう。

そうしてラーニャさんとラーニャパパが忙しそうに、宿泊客の対応に入った。

「あ、それと、もし願いが叶ったらドラゴン様に感謝を示していただけると嬉しいです！感謝とはつまり、ベイです。うちのドラゴン様キラキラしたものに目が無くて」

私は受付に殺到する人々に、願いがかなったあとのお布施は絶賛受付中であることを明示した。

これでなんとか期日には、十五万ベイは行けるんじゃなかろうか。それに、順調に行けば借金も早々に返せるはず。

正直、詐欺商法と言われたらなんも言い返せないけれど、健康面的な願いなら私の力でどうにかなるわけだし、実際願いが叶うなら詐欺ではない。断じて詐欺ではないのだ。

それに、ドラゴンの卵が私の力の隠れ蓑になるので一石二鳥。

こっそりやる必要はあるが、生物魔法で人の治療を行える。魔法で治療を行っても、ドラゴン様のお力ということにできるからだ。

「リョウは、ほんと……こういうの好きだな」

ことの成り行きを見守っていたアランがボソッと言ってきた。

「え？　そうですか？」

「ほら、王都の時も、勝利の女神だとかなんだか言われていたし、ルビーフォルンのウ・ヨーリ教徒とかいうやつらも、こんなだったし……」

アランに言われてハッとした。

そういえば、私、こんなんばっかかも……。

「い、今までのは、べ、べ、べ、別に好きでやっていたわけでは……」

まあ、さっきのは完全に好きでやったけども。

「いや、俺はリョウが楽しいならいいんだ。でも……」

とちょっと落ち込んだ声を出すので、アランを窺い見る。

「リョウは、俺だけの女神でいてほしいから……」

となんか、切なげに言われた。

途端にカッと頬が熱くなって、加えて『女神』という単語で、アランの工房にお邪魔した時のことが思い出された。

リョウは俺にとって女神だからと言って、私の石像を作って、本物の方が綺麗だとか抜かしてきおったアランのことを。
ア、アランったら！　ほんと、そういうことをさ、なんでなんの前触れもなく言うの⁉　言うときは事前に、言ってくれる⁉　『これから甘い言葉吐きまーす！』って宣言してからにしてくれる⁉　こっちは、そういう、耐性ないんだから！
恥ずかしさで泣きそうになって思わず俯くと、若草色のふんわりスカートのワンピースが目に入った。

このスカートのふんわり感を出すのが結構大変で、中に何枚か布を重ねている。

「ねえ、アラン、私のこの服、どう思いますか？」

「ん？　ああ……いいな。蓬の蒸しパンみたいで可愛いと思う」

したり顔で答えるアランに、どうにか冷静さを取り戻した。

蒸しパンか、まあ、唐揚げよりかは良いかな。

最初はちょっと面食らったけど、アランの褒め言葉センス、嫌いじゃないよ。おかげで平静を取り戻せそうです。ありがとう、アラン。

ドラゴンのご利益つきお宿は港町バスクでたいそうな話題になった。

誰も彼もが泊まりたがる話題のお宿。

曰く、この宿に泊まると腰痛が治る。曰く、この宿に泊まると年老いた母が元気になる。曰く、この宿に泊まると子供の怪我が治る。曰く、この宿に泊まるとなんか良いことが起こる。

噂はたちまち広まって連日どの部屋も満室で、ラーニャさんたちは大忙し。急遽従業員も増やした。

私も、夜中にこっそり忍び込み、魔法で深く眠らせた上で生物魔法をかけるという生活はなかなかにハードだった。でも、その分の結果がついてきたので良し。

正直宿泊客の願いを全て叶えることはできないが、一割でも願いが叶っている人がいれば噂というのは広まる。

それに事前に、ドラゴンの気まぐれで願いを叶えると伝えており、願ったもの全て叶うわけじゃないということは了承済みだ。

すでに、ペロルドンの借金もほとんど返済し、あと少しで完済。ラーニャさんの宿が話題になり始めた頃には、ペロルドンたちが性懲りもなく営業妨害をしにきたけれど、最近はめっきり来なくなった。

どんなに営業妨害をしようとしても、ラーニャさんのお宿は大人気なのだから仕方ない。

とても順調である。だけど、順調だからこそ危険がある。あのペロルドンがずっと大人しいままでいるとは思えなかった。なにせ、やつの目的は借金を返してもらうことではなく、ラーニャさん自身。このまま借金が返済されたら困るのだ。

だから、きっと、そろそろ何かしら動くような気がするのだが……。

「ねえ、リョウさん、少し話があるの」

今後の計画を練るためにカウンター席で書類と睨めっこしていると、皿洗いをしていたラーニャさんが、ポツリとそう言った。

宿泊客が各々自室に戻り、従業員たちも家に帰って、ラーニャパパも明日のために寝室に入った夜のことである。

「話ですか？　もしかして新しい店舗を増やしたいとかですか？　それはまだ待ってほしいです。これからのことは……」

「違う。そういう話じゃなくて……」

今後の宿屋の営業方針のことかと思ったら、ラーニャさんが否定した。

その切羽詰まったような声に、書類を見ていた私は顔を上げる。

「わかるでしょ？　アラン様のことよ」

え？　アランのこと？　アランのことで、ラーニャさんと話すことなんかあったかなぁ……。

「アランのことで、ですか？」

全く思い当たる節がない私は再度尋ね返す。

ラーニャさんは最後の皿を濯ぎ終わると私の方を見た。

「リョウさんには感謝してる。でも、アラン様のこととは話が別。私、本気なのよ」

ラーニャさんの真剣な表情に思わず目を見張る。

どうしよう、話がさっぱりわからない。

「自分で言うのも、なんだけど、私って美人でしょ？　胸も大きいし。今までも結構モテてたし。まあ、そのせいでペロルドンにも目をつけられたんだけど……」

なんか、突然モテ自慢が始まったのだが？

しかし、彼女の伝えんとするところが見えないので口を挟めない。

「父が倒れて、宿屋の経営が上手くいかなくて、私、もういいやって思った時があったの。ペロルドンの妾になって楽になろうって。ちょうどそんな時に……アラン様が現れたのよ」

悲しそうに話す中、アランの名が口から出た時だけ微かに笑みを作った。

「本当に困っていた時に、ペロルドンのやつらを追い払ってくれて……。アラン様は私の助けての声に、唯一応えてくれた人なの」

まっすぐに私を射るように見つめるラーニャさんの瞳が強くて、目が離せない。

「私、こんなにもお世話になっている貴方に対して、ひどいことをしようとしているのはわかってる。でも、気持ちってそんなに簡単に諦められるものじゃないから。だから、私、本気でいく。どんな卑怯な手だって使う。……事前に言っておくわ。悪いわねって」

突然の謝罪。そしてやっと彼女が言わんとしていることがわかった。彼女は最初に『リョウさんには感謝してる。でも、アラン様のこととは話が別』と言っていた。

つまり、私に対しても感謝しているけど、最初に助けてくれたアランへの感謝はそれ以上。そんなふうに感謝の大きさに違いがあることに対して、私に詫びているのだ。

何をそんな水臭いことを。別に感謝が足りないとか、私は全然思ってないのに。それとも、何か誤解させてしまっていたのだろうか。

「謝る必要ありません。それはしょうがないことですし……」

私がそう口にすると、ラーニャさんはじとりと私を見た。

「ふーん、どこまでもお優しいのね。それとも私のことなんて眼中にないってことかしら」

いや、優しいも何も、そこそんなに気にする人っているのかな？

「でも、ちゃんと言っておいたからね。私」

ラーニャさんはそう言って、挑発的な笑みを浮かべて、またカウンターの奥へと行ってしまった。

アランの部屋は宿の四階。もともとその部屋は私の泊まる部屋としていたのだけど、諸事情で交換してもらった。

そのアランの部屋に入ろうとノックをして名を告げると、慌てた様子でアランがドアを開けてくれた。

「リョウ？　どうしたんだ？」

「すみません、ちょっと入ってもいいですか？　今後のことで話がしたくて」

「……今か？」

何故か驚いたような顔。え？　だめ？　入っちゃダメだった？

突然だったし部屋でも汚いのかな。アランは意外と綺麗好きだから、そんな散らかっていることとないだろうけど……。

「お部屋、整理します？　もしそうなら待ってますけど」

「いや、そうじゃないけど。もう遅いから」

あ！　そうか、時間か！　もう夜だもんね！　でも、どうしても今日話しておきたいんだよね。昼間は忙しくてバタバタしているし、ラーニャさんたちもいるから……。

「遅い時間にすみません、でも、どうしても二人きりで話したくて。これからのことで」

私がそう言うと、アランは何故か目を見開いて硬直した。

一体どうしたというのか。

「アラン？　もしかして体調でも悪いんですか？」

いつまで経っても反応がないので、そう聞いてみる。

「そうだよな。リョウだもんな。深い意味はないんだよな……わかった。中に入ってくれ」

アランが何やらぶつくさ言いながら、そう言った。

え、結局体調は大丈夫なの？　よくわからなかったけど、中に入って良いという話なのでお言葉に甘えた。

中はやっぱり綺麗（きれい）に整理されている。

椅子に座らせてもらうと早速本題に入った。

「今後のことなのですが、アランは、この町にずっと住む予定ですか？」

「いや、そういうつもりはない。だが、ペロルドンのことが解決しないうちは出る予定ないだろ？」

「もちろん。でも、その件、多分すぐに解決すると思うんです。借金も返済できそうですし、ペロルドンを封じるのは時間の問題で……それでその後、アランはどうしたいのかなと思いまして。行きたいところとかありますか？　それともこの町にずっといたいとか」

「俺？　俺は……」

と言って少し考えた素振りをした後、柔らかい微笑みを浮かべて私を見た。

「リョウが行きたいところに一緒にいられたらそれでいい」

そ、そ、そう、そうなのね……。やばいドキドキしてきた。

時折、アランが私にだけに見せるあの、なんかすごく大切なものを見るような笑顔が未だに慣れなくて、微笑まれるたびにドキドキしてしまう。

しかも、だいたいあの顔する時、甘い言葉吐くし……。

「あの、私は、その、できればこの国を色々と見て回りたいなと思っていて……。カスタール王国とは違う文化とか、物とか価値観とか、そういうのに触れるの楽しいなって」

アランの視線から逃れるように視線を下げてそう言う。なんだか気恥ずかしくて言葉もどもる。

「いいな」

「はい……。だから、別に目的とかはないんですけど、一緒に旅してみませんか？　慣れない土地だし、危険もあるかもですし、野宿とかもすることあるんじゃないかと思うので、今のような生活水準は保てないと思うんですけど……」

「楽しそうだ」

「じゃあ……！」

「一緒に色々見て回る旅しよう。ペロルドンのことが片付いたら」

やったー！　旅ってドキドキする！　というか、アランと二人旅って、これってもうむしろ新婚旅行なんじゃないの!?

とテンションが上がったタイミングで、ラーニャさんの顔が浮かんだ。

ラーニャさんは、アランのことをとても頼りにしていた。ここを出るとなればきっと悲しむ……。

「けどラーニャさんには悪いことしますね。すごくアランのこと頼りにしているし……」

今日もよくわからないけれど、感謝の大きさについて語られたし。

「まあ、ペロルドンの問題が解決したら大丈夫だろ」

本当に、大丈夫だろうか……。

何故か今更になって、先ほどラーニャさんに言われたことが気にかかってきた。私は、もしかして何か大きな勘違いをしていないだろうか……。

「それで、リョウ、話ってそれだけか？」

アランにそう言われて、私はハッと顔を上げた。

「はい、できれば今日話したくて。ペロルドンが動き出すのもそろそろだと思うんですよね。だからその前にって思っていたんです。今日話せて良かった。そういえば、最初アラン、あんまり部屋に入って欲しくなさそうでしたけど、何かあったんですか？」

「それは、だって……」

と言いにくそうにどもるアラン。

顔も気のせいか赤い気がする。なんだろう。

しばらく口をモゴモゴしていたが、何か決心がついたのか、まっすぐ私を見た。

「リョウ、その、これから二人で旅をするってのもあるから、言っておくけど……」

「はい、なんですか？」

「俺も、男だから、あんまり無防備にして欲しくなくて……」

え？　無防備？　何を言うかと思えばアランさんたら。これでも周りには結構目を向けているつもりよ。周りの気配には人一番敏感まである。なにせ、山育ちだもの。親分仕込みの気配察知力、舐めてはいけないよ。

私の気配察知力についてこんこんと説明しようと思った時にアランが爆弾を投下した。

「あまりに無防備だと、俺、もっとリョウに……触れたくなる」

アランが、囁くようにそう言った。熱を孕んだような瞳がこちらを見据える。

え……？　もっと、え？　触れたく、え？　なる……？

最初は一瞬理解できなかったけれど、にわかにその言わんとしている意味がわかってきて、私の頭は真っ白になった。

触れるって……どういう、どういうこと!? いや、本当はうっすらわかっているけど、つまり、あれでしょ？ 男女の夜の営み的な……！

「こんな夜更けに、男の部屋に来るのはよくない。相手が俺でもだ。俺だってずっと我慢できるわけじゃないし……リョウだって、別に、その、まだそのつもりじゃないだろ？」

そのつもり、というのが何を指すのかについても流石に察した。

で、でも、アランさ、再会した時、なんか、あんまりそういうの興味ないのかなって感じの素振りだったじゃん!? 私一人で肉食系っぽい感じだったから、てっきりアランはそういうのは、あれなんかと思って……油断、してた……。

「……はい」

アランの正論すぎる正論に、いたたまれなくて声が小さくなる。

そうよね、普通に考えて、興味がないなんてことないよね。それなのに、私ったらこんな夜にアランの部屋に平気で入ろうとしていたなんて、正気!?

むしろ、誘ってんの？ って感じだよね……!? ち、違う！ 違うの！ 私そんなつもりはまだなくて！ まだ心の準備も……！

「初めては特別な夜にしたい。リョウも、そうだろ？」

「はい、まったく、おっしゃる通りで……」

初めての時は、お風呂で念入りに体を洗ってから、ふかふかのベッドの上に座って二人でお月様を見て愛について語らって、それで、とってもロマンチックなムードになった後に、ことに及びたいというか……！

私が初夜について考えを巡らしているとアランも『わかってる』って感じで頷きながら口を開いた。

「お城みたいな建物を貸し切って、香木を入れたお風呂で体を清め合って、明かりは香りつきのキャンドルが数本で、近くに寄らないとよく見えない明るさのなかで、愛を語り合うんだ。その日の夜は俺たちを祝福するために流星群が流れていて、城の外には音楽隊が音楽を奏でている。そんな夜にしたいだろ」

うん、そうそうそんな夜に……いや、そこまでは思ってなかったけれども。

アランが想像する初夜が私以上に乙女で、なんか乙女として負けたみたいな感じがして悔しい。

というか流星群待っていたら、結構タイミング難しくない!?　それと、アランは発想がお坊ちゃんすぎると思う。外の音楽隊はちょっと……。いざことに及ぶ段階で、音楽の調子がよく運動会とかで流れてくるクシコスポストみたいな軽快な音楽になったら……。

私は想像をしてみた。

とてもロマンチックな夜に、アランと二人、ベッドの上で、いざ致さんとするそのタイミングで、窓の外から音楽が……。

『テテテーン、テテテーン、テテテテテン！』

どう考えても集中できない！

『早い早い、アラン早い。リョウも負けてない』みたいな脳内実況が始まる可能性まである！

あ、いや、今気にするのはそんなことではなかった。まずは無防備すぎたことを謝らねば。

私は、ロマンチックすぎる夜について語るアランに頭を下げる。

「すいません、気をつけます……」

夜にアランの部屋に入ろうとするのは浅はかでした。大変申し訳ありませんでした。

私は海よりも深く反省した。

その夜、アランの語ったロマンチックすぎる初夜のことを想像し、やっぱり音楽隊はやめようと進言した方がいいなと固く決意し、私は寝床についた。

寝入ってしばらくした頃、親分仕込みの気配察知能力のおかげで寝ていても周りの音には敏感な私の耳は、微（かす）かな物音を拾った。

すっと眠りから覚醒する。カタリと、扉が開くような音がはっきりと聞こえてくる。

誰かが私の部屋に入ってきてる？　ペロルドンの手先、だろうか。

まさか、直接私を狙ってくるとは……。正直、これは予想外。

ペロルドンの奴らが何か仕掛けてくるとは思っていたけれど、ドラゴンの卵を割るか盗むかする程度だと思っていた。

宿泊客に手を出そうとするとは、最高に下衆な思考だ。

息を殺して眠ったふりをしつつ、他の部屋で襲われている人は居ないだろうかと耳をそばだてる。今のところは静かな夜。

私が泊まっている部屋は二階。しかも一階に続く階段のすぐ側だ。まずは一番近い部屋のやつを狙ったというところだろう。

それならそれで好都合。

私が色々と考えている間にも侵入者の魔の手が迫る。

ギシギシ。私の寝ているベッドに乗った音。そして布の擦れる音。

私は、その音に被せるように、掛け布団の下でいつもの強化の魔法を唱える。

体に、微かな重みを感じた。侵入者が私に馬乗りになったようだ。妙に軽く感じるのが気になるけれど、強化魔法のせいだろうか。なにはともあれ、侵入者が襲ってきたらやり返す。

そう身構えていると、顔までかけていた掛け布団に侵入者の手が伸びたのがわかった。

その布団を剥がそうとする動きに反応して、素早くその手首を掴む。

そしてくるりと体を回転させて、馬乗りされている立場から、逆に侵入者の上に乗り上げる。

「きゃ！」

と女性の悲鳴が小さく響いた。

え？　女性の声？　というか侵入者の手首、細い。これ女性の手では……？

暗闇の中、窓から差し込む月明かりだけを頼りに私が捕らえた相手を見ると、そこにいたのは……。

「え？　ラーニャさん……？」

薄いレース素材の、ネグリジェみたいな薄着のひらひらな服を着たラーニャさんがいた。

ネグリジェの胸元がはだけんばかりで……。

「な、なな、な、なんでリョウさんがここにいるの!?」

「なんでって、ここ私が使っている部屋ですけど」

「え？　アラン様の部屋じゃなくて？」

「ちょっと諸事情で部屋を代わってもらっていて……」

というのも、私が生物魔法を使うためにこっそり部屋を抜け出すためには、二階の角の部屋が都合が良く。アランに代わってもらったのだ。もとの私の部屋は、四階だったもので。

「それより、ラーニャさん、こんな夜中に……」

と言っている間に、一階から物音が聞こえた。

「だから、言ったで、んん!?」

何かを言いかけていたラーニャさんの口を手で塞いだ。

突然でびっくりしただろうけどちょっと静かにしてほしい。

階下から複数人の足音が聞こえる。音をどうにかして抑えようとしているけれど、抑えきれてない素人の忍び足。侵入者だ。

眉根を寄せて私を睨むラーニャさんに、人差し指を口元に持っていって静かにしてのジェスチャーをする。

「誰か、一階に来ていますね……私が様子を見てきます」

そうできる限り小声で伝えてからラーニャさんを解放するとベッドから慎重に降りた。

私も今は寝間着なので薄着だけど、着替えている暇はない。近くにかけてあったカーディガンだけ羽織る。

おそらく、ラーニャさんが私の部屋に来たのは、誰かが侵入してくる気配を感じた故だろう。

だから、一番部屋の近いアランに助けを求めようとした。でも、いたのがか弱く見える私だったから動転している、といったところかな。

私は扉にピッタリ張り付くと、ゆっくりとノブを回す。

侵入者たちが、何か小声で話している。何を言っているのか、あと少しで聞こえそうなんだけど……。

と扉を少しずつ開けてその隙間からこっそりやつらに近づこうとしたら……。

「ちょっと！　さっきからなんなのよ！　だいたいこの部屋にいたのも、私の恋を邪魔するためなんでしょ!?　私とアラン様が親密にならないようにって！」

後方から大きなラーニャさんの声が。

ちょ、ちょっとちょっと！　ラーニャさーん！　いきなりどうしたの!?　恋って何!?　なんの話!?

「なんだ!?　誰かいるのか!?」

「階上の部屋の扉が開いてないか？」

と階下から侵入者たちの声が……！　あー！　気づかれた！

私は、急いで扉を閉めて、ベッドの方に駆け戻り枕下に忍ばせていた短剣を取り出す。

強化魔法はもうかけている。拳だけでもいいかもしれないけど、足音から察するに相手は複数人。念には念をだ。

「何!?　何!?　なんか、変な男の声が……」

と言ってラーニャさんが扉の方に行こうとしていたので、彼女の手を掴(つか)んでひっぱり後ろに下がらせた。

そして下がらせたタイミングで、扉から槍(やり)的な武器の剣先が丁度ラーニャさんの眼前に。

「ひッ……！　な、なんで⁉」

ラーニャさんの悲鳴をバックに、私も心臓がバクバクした。

あ、あぶなっ！　もうちょっと遅れていたら、ラーニャさんの顔に傷が……。

ていうか、こんな躊躇(ためら)いもなく扉から武器を突き出すとか、どこの野蛮人だ。

「ラーニャさん、私の後ろから離れないでください」

私は短剣を握って姿勢を低くして構える。

そして扉がゆっくりとキイイと微(かす)かな音を鳴らして開いた。

そこに居たのは……。

「ペロルドン氏の用心棒さんじゃないですか。こんな夜更けにどうされたんですか？　あと、その扉、弁償してくださいね」

ペロルドンと最初に会った時に、一緒にいた用心棒の一人だ。あの、得体の知れないニコニコ笑顔の糸目の男。

その時は特に何かを言ったり危害を加えたりもなかったけれど、ずっとやばそうな感じがしていたから覚えている。

やつは私を見るとニッと微笑みを深くした。

「やっぱり、ここにいたのは貴方でしたかぁ。気配でそう思ったんですよ。私からの贈り物、避けてしまったんですね？　やっぱり、良いですね！」

やつはそう言うと、槍の穂先をぺろりと舐めた。

贈り物って、さっきの槍の突き……!?　ラーニャさんが危ないところだったんだが!?

「女性への贈り物のセンス、ちょっと悪いのではないですか？」

「え、そうですか？　そんなこと言われると傷つくなぁ」

と全然傷ついてなさそうにへらへらしている男が怖い。

私は会話しながらも、男との距離をとる。

力とかは魔法がかりな私が上だろうけれど、私は戦闘については正直素人に毛が生えた程度。今まで魔物と戦えたのは、知性のない魔物なら力でゴリ押ししてればどうにかなったからだ。

しかも、今はラーニャさんを守りながらになる。

それにやつにはまだ仲間がいる。

「ああ、大丈夫ですよ。他の人たちは、あの、ドラゴンの卵？　とかいうのを運んだり、横になったりしているので」

やはり、ドラゴンの卵を奪いにきたか、そうするとは思っていたけど。

ん？　待って。『横になったり』？

と気にかかって男の足元を見ると、以前もペロルドンと一緒に来ていた筋肉モリモリが口から泡を吹いて倒れていた。

「その人、どうしたんですか？」

「あ、僕がやっちゃいました。僕が貴方の相手をしたかったのに、邪魔しようとしたので、つい。いやぁ、最初は金払いがいいけどつまらない仕事だなぁと思っていたんですよ。まさか貴方みたいな人に出会えるとは！　僕、金髪の女の子、好きなんですよ」

そう言ってやはりへらへらと笑う顔が不気味すぎて怖い。

「……私は、貴方みたいな人、どちらかというと嫌いです」

「えー？　そうなんですか？　ひどいなあ、傷つくなぁ」

と、男はやっぱり全然傷ついてなさそうなへらへら顔で笑う。

私はどうにかラーニャさんだけでも避難させられないかとあたりを見渡す。

二階だから、窓から飛び降りてもらうのもちょっと気が引ける。扉の前にはあの男がいるし……。となると、もうやるしかない？

でもこいつ、なんかペラペラ話してきて隙だらけのような気がするのに、隙がない。

このままじりじり様子見して、助けが来るのを待った方がいいだろうか。とはいえ、強化魔法の有効時間を考えると、早めに動いた方がいいし……よし。

私は、ラーニャさんを庇(かば)いながらじりじり下がってテーブルのあるところまで行くと、そのテーブルの天板を掴(つか)んだ。二人用の丸テーブルでそこそこの大きさだけど、魔法がかりの私にとっては、羽みたいに軽い。私は男を狙ってテーブルをフリスビーみたいにして投げた。

思いのほかに結構スピードが出たけれど、予想通り男はするりと横に避けて行く。テーブルは無惨(むざん)にも壁にぶつかって大破した。

ごめん、ラーニャさん。弁償します。

弁償ついでに今度は、ベッドを掴む。横に逃げた男の動きを封じるような形でベッドを横殴りにフルスイング。こちらも弁償します！

テーブルのフリスビーはどうせ避けられると踏んで、ベッドで動きを止める算段だ。

しかし男は想像以上に身軽で、ベッドを華麗なステップで飛び越えて避けた。しかも、その間に、ナイフをこちらに投げてくる。

私は握った短剣で、こちらに向かってきたナイフを叩き落とす。

男が余裕そうにひゅうと口笛を鳴らす。

「いやあー、それにしても本当に、すごい怪力ですね。見た目からは想像できない」

そう言って、やつは息一つ乱れた様子もなく軽口を叩く。

くそ、余裕ぶって！　私は余裕なんてないというのに！

壊れたベッドの手頃な破片を見つけて拾っては男に投げつけた。男はそれを軽く槍の柄で払う。

すると、男が槍を構えた。刺突が来る。

「きゃあ……！」

私はラーニャさんを抱えながら転がるようにして槍を避けた。

ありがたいことに、今いるのは狭い部屋なので、槍の攻撃方法は限られる。刺突からの連続攻撃はできないようだ。ありがたい。

刺突を避けられた男は、ゆらりとこちらを向く。

「僕の刺突、避けられたの久しぶりです」

でしょうね。すごい技だった。

強化魔法がかかっていたから、咄嗟に動けたけれど、そうじゃなかったら避けきれなかった。

今の攻撃でわかったけれど、強化魔法が続いている限りは男の攻撃は避け続けられる。

でも、私の攻撃も入らない。

でも、あと少し。あと少し、間を持たせればきっと……。

私が固唾を飲んでやつの動向を見張っていると、声が聞こえた。呪文を唱える声。

私たちを追い詰めて悦に入っていた男に向かって、何本か小さなナイフが放たれて、奴の体を傷つけた。

「……!? これは……!?」

突然の襲撃に、男の驚愕の声が漏れる。

良かった……! 間に合った! アランが来てくれた!

そしてこの隙をついて、私はやつの懐に潜り込むと鳩尾を思い切りグーパンした。

強化魔法つき私のパンチは結構な威力のはず! だけど手応えがあまりない。

多分、私の攻撃に合わせて男がバックステップでパンチの威力をいなしたのだ。

私も、あまり深入りするのは危険なような気がして、すぐに後ろに下がってやつとの距離をとる。

「リョウ! 大丈夫か!?」

助けてくれたアランがこちらに駆け寄ってきてくれた。

間に合って良かった。テーブルを派手にフリスビーしたのも、ベッドをフルスイングしたのも、アランに気づいてもらうため。

「私は大丈夫です。それよりその男を……!」

「わかってる」

心配そうにこちらを見たアランだったがすぐに男に視線を向けた。

アランが、口元を片手で隠した。おそらく呪文を唱えるため。

襲撃者の男も嫌な予感がしたのか、アランに飛びかかっていくのが見えて、私は砕けたベッドの木枠を男に向かって蹴り上げた。

アランに集中していた男に、私の攻撃は見事命中。

強化魔法を使用した私の蹴りで放たれた木枠アタックで、男はバランスを崩され床に膝をつく。とはいえ、致命傷では全然ないので、男はすぐに立ち上がろうとして、でも立ち上がれずに、また膝をついた。

「いつの間に……!?」

男の戸惑う声。男の足元に、鉄の鎖が巻き付いていた。アランの魔法だ。

男が戸惑っている隙をついて、私は自分の親指を噛みつつ呪文を唱える。そして私は男の腕をとって背中に回し動きを封じた。

「何故、鎖が……それに、これは……毒……？」

男は呻くような声を出し、すぐに意識を手放したようでぐったりと体が床に倒れた。

残念ながら毒ではない。人を眠らせる魔法です。なのでそのうち目覚めるはず。その時には牢屋だと思うけど。

そして念のためとばかりに、アランが鎖でその男の両手も縛ってくれた。

お、終わった……！

私は、ドサッと音を鳴らして床にお尻をつけると、はあああと大きく息を吐き出した。

いやだって。こういうの久しぶりだったから！

ウ・ヨーリ聖国建国後はずっとデスクワークだったし……！

「リョウ、大丈夫だったか……!?」

一段落ついて、アランが心配そうに私のところに来て手を差し出す。

私はその手を掴みながら立ち上がった。

「ええ、なんとか……。ラーニャさんも、大丈夫でしたか？」

私はそう言って、後ろにいたラーニャさんを見る。

ラーニャさんの姿を見て私はハッとした。そうだ、寝込みを襲われそうになったラーニャさんはネグリジェみたいな薄着だ。

私は、自分が引っ掛けていたカーディガンを脱いでラーニャさんの肩にかける。

「もう、大丈夫ですよ」

と言って、笑ってみせる。

先ほどから怯えているのか驚いているのかわからないけれど、戸惑った表情で私を見ていたラーニャさんの目に、みるみるうちに涙が溜まった。

「こ、怖かったですぅ、リョウ様ぁ～!!」

そう言って、ラーニャさんが私に体当たりの如く抱きついてきた。

そうだよね！　怖かったよね!!

少しでも落ち着くようにと、ラーニャさんの背中をさする。

するとラーニャさんが、少し体を起こして顔を上げる。熱ったように顔を赤くさせ、目を潤ませて私を見上げてきた。

「リョウ様ぁ、あの、あのっ、私のこと守ってくれて、ありがとうございますぅ。私、リョウ様のこと、ずっと勘違いしていたみたいで……！　恥ずかしい！　あの、あの……さっきのリョウ様すっごく……素敵でした！　金色の髪が、憧れの騎士様みたいで……！　リョウ様が私の騎士様だったんですね……！」

ラーニャさんはそう言うと、また私の胸に顔を埋めた。

え、素敵!?　えー？　そうかなぁ？　素敵かなぁ？

騎士様とかその辺りは良くわからないけれど、最近、こんな風に人に褒められるの久しぶりじゃない？

どうしよう、もしかして、さっきのサスリョウだったかしら。久しぶりに五サスリョウ、いや十サスリョウぐらいはいったかしら。

久しぶりの褒められに、嬉しみが募る。

ほら、ウ・ヨーリ聖国だと、褒められるっていうか、崇め奉られていたっていうか……。やめよ、ウ・ヨーリ聖国での暗黒時代を思い出すのはやめよう。

私は、心の中で黒歴史を封じる。

「リョウ、お前……」

頭上にアランの呆れたような声。

なんだなんだと思ってアランを見ると、久しぶりに見るアランの渋い顔があった。

「な、なに？　どうしたんですか？　アラン……」

「……リョウは、なんでいつもそうやって周りを……はあ」

なんか哀愁漂うアランのお顔。一体どうしたというのだろうか。

「何か、あるんですか？」

「なんでもない……。言ってもどうしようもないし……」

不満げなアランはそう言うと、自分の上着を脱ぎ始めた。

え⁉　何突然⁉　と思っていると、脱いだ服を私にかけた。

あ、そういえば、さっきラーニャさんのために上着を脱いだために、今私がネグリジェみたいな格好だった。

「あ、ありがとう、アラン」

「それより、これからどうする？」

これから……そうだね。

私は大破している扉を見る。もう、他の侵入者はいない。

おそらくドラゴンの卵は盗られた。今は運んでいる最中だろう。

でもそれは想定内。ペロルドンは、ラーニャさんに借金を返して欲しいから金を貸したのではない。ラーニャさんを娶(めと)るために汚い手を使って借金を背負わせただけ。

ラーニャさんの宿が繁盛することが気に入らないペロルドンは、いつか宿が栄えた原因であるドラゴンの卵を奪いに来ると思っていた。

「ラーニャ！　ラーニャ、大丈夫か!?」

ラーニャさんのお父さんがこの騒動に気づいてこちらにやってきた。

私に抱かれていた形のラーニャさんは顔を上げると、ラーニャパパの方へと走っていく。

ラーニャパパの他にも、宿泊客が数人、様子を見にきていた。

これだけ派手に暴れたのだ、アランだって飛んできてくれて、他の宿泊客が気づかないわけがない。

「わかっています。これからのことはもう決めてあるんです。それでちょっとお願いしたいことがあるのですが……」

そう言って、私はアランにこれからのことを説明した。

◆

「嫌です！　リョウ様！　私とずっと一緒にいてほしいです！」

地面に膝をつけたラーニャさんはそう言って、私の腰に手を伸ばして縋り付いてきた。

今日は、旅立ちの日だった。いろいろなことが片付いたので、アランと二人でこの国を見て回ろうと決めたのだ。

「ごめんなさい、ラーニャさん。でも、ペロルドンも逮捕されて、宿屋だって落ち着いてきましたし、ラーニャさんたちだけでももう大丈夫ですよ」

しくしく泣いて縋るラーニャさんの肩に手を置いてそう諭す。

一ヶ月ほど前、宿屋が襲われてドラゴンの卵が盗まれた。

捕らえた用心棒のニコニコ糸目は、あっさりペロルドンに命じられてと自供したのでペロルドンはお縄につく、はずだったが、やつは持っている権力をフル活用してそんなもの知らんで押し通して捕まらず。

なにせ、ペロルドンは町の中でも大商人ということで権力だけはある。

でも、その後、ペロルドン自ら逮捕してと懇願してきた。盗んだドラゴンの卵を差し出しながら。

その時のペロルドンは、ドラゴンに呪われたと言ってすっかり怯え切った様子だったらしい。

というのも、ペロルドンはドラゴンの卵を盗んだ後、ひっそりと海に捨てたのだが、次の日にはドラゴンの卵はペロルドンの屋敷の前に戻ってきた。

何度かペロルドンは卵を捨てたり壊したりしたのに、翌日には元のまま卵が戻ってくるという怪奇現象に見舞われたのだ。

もちろん、それはアランの魔法によるもので、ペロルドンが捨てるたびに、新しいドラゴンの卵を作って置いただけのことなんだけど。

ペロルドンはもちろんそんなことは知らないので、少々ノイローゼ気味になり、神聖なドラゴンの卵を盗んだりしたから、呪われたのか？　みたいな感じで怯(おび)えてしまい最後には自ら逮捕してくれと訴え出たのである。

ちなみに、他にもいろいろな罪を犯していたのもあって、ペロルドンの刑は結構重い。

というのも、ペロルドンはラーニャさん一家以外にも、犯罪スレスレの嫌がらせ行為をしており、町の嫌われ者。この機会に乗じて、嫌がらせを受けた人たちが手に手を取り合って、色々な罪を告発してくれたのだ。

牢(ろう)から出てくるのは、ずっと先。実家からも勘当されたらしく、シャバに戻っても今までのような栄華は得られないだろう。

そしてドラゴンの卵は、再びラーニャさんの宿の受付に。

気まぐれに願いを叶えてくれると評判のドラゴンの卵が、町の悪人を追い詰めたということで、ますます人気に火がついた。

だけど、三日前にそのドラゴンの卵が割れた。驚くラーニャさんたちに私は『ドラゴン様が卵から孵ったのです。もうここに、ドラゴン様はいませんが、聖地を用意してくださったこの町の人々に感謝していることでしょう！』と高らかに説明した。もちろん嘘である。

私とアランがこの町を出た後のことを考えて、ドラゴンが孵って飛び立ったことにしただけだ。

流石に私の目の届かないところで、願いを叶えるとされるドラゴンの卵を放置はできない。願いも私の生物魔法で叶えているだけだったし。

ということで当然、宿に泊まるだけで願いが叶う、という効果はもう期待できないが、それでも一度は町一番の話題になった宿。ラーニャさん親子なら、うまく切り盛りしてくれるはずだ。

そう思う、のだけど……。

「宿のこととか、そういうことじゃないんです！　私には、リョウ様が必要なんですう！」

ラーニャさんはそう言って嫌々と首を横に振った。

後ろで、ラーニャパパが「こらこらわがままを言うもんじゃない」とか言っているが、ラーニャさんの耳には届かない。

ペロルドンのことが片付いて、約束通りアランと一緒に町を出る予定だったのだけど、あまりにもラーニャさんに必死に懇願されて、ちょっと気持ちが傾く。

私は後ろにいるアランを振り返ったが、アランは険しい顔つきで首を横に振った。

うん、そうだよね。何度もアランと話し合って、今日旅立とうって決めたのだ。

それをなしにしたらきっとずるずるこの町にいついてしまう。

「だいたい！　なんで旅をしなくちゃいけないんですか！　ずっとここで私と楽しく暮らしましょうよ！」

キッと顔を上げてラーニャさんが言う。

それはそれで、確かに楽しそうだ、と思う自分もいる。

もしかしたら、前の自分なら、流れに任せてもう少しここにいようかとそのままいついてしまったかもしれない。

でも、今の私はどうしても譲りたくない。

「私ずっと、アランと一緒にこの国を色々見て回りたかったんです。本当に、夢にまで見るほど」

そう言って、この国に来る前に、アランに隣国に逃げようと言われたあの時のことを思い出した。その時、私はその手をとれなかった。

でも、それからずっと、その時のことを夢に見て、手をとれなかったことを後悔して……。

でも……今、やっとその夢が叶う。

そうだ。この国をアランと二人で回りたい。

それは私が望んだこと。

周りに合わせたり、流されたりで、自分の望みをもう疎かにしたくない。

「それは……私ではダメなんですか？　アランさんじゃないとダメですか？　アランさんなんて無害そうな顔をしていますけど、心の中ではエロいことしか考えてないムッツリに違いないですよ!?　男なんてみんなそうですよ！　心にペロルドンを抱えているんです！」

「おい……」

アランの悲しそうなつっこみが聞こえてきた。

それにしても、心にペロルドンとは一体……。私を引き止めたくて、あることないこと必死で言い募るラーニャさんである。

でも、やっぱり私、行く。

行きたいんだもの。

「アランがいいんです。ずっとそうしたいって思っていて、私の夢なんです。それに、ラーニャさんともずっとお別れってわけじゃありません。また必ずこちらに来ますよ。その時には、またラーニャさんの宿に泊まらせてください」

まっすぐラーニャさんの目を見て言うと、ラーニャさんの瞳が揺らいだ。

そして、ずずっと鼻を啜ると、諦めたように眉尻を下げた。

「決意は、固いんですね」

そう言って、私の腰に回していた腕を下ろす。

うん、ごめんね。

ラーニャさんは立ち上がると、その大きな胸を張った。

「わかりました。でしたら、リョウ様が戻ってきた時に、気持ちよく泊まれるように最高の宿を用意しておきますから！」

笑顔でそう言ってくれたラーニャさんに私も笑顔を返す。

アランを探しにやってきた最初の町で、早々にアランと再会して、こんな風に新しい人との出会いがある。

ウ・ヨーリ聖国にいたら、出会うこともなかった人たち。

私は大きく手を振って、ラーニャさん親子に別れを告げた。

次の目的地は決めてない。気ままな旅だもの。

少し前を歩くアランが、振り返って私に手を差し出した。それが荷物持つよって意味じゃないことはわかっている。
私は、アランの腕に自分の腕を回して手を握る。
あの時夢見た私たちの旅は、まだまだ始まったばかりだ。

# エピローグ　ハイダル王子と愉快な下僕

まったく、なんで俺がわざわざこんなところまで来ないといけないんだ……。

何度目かわからないため息をつきながら、薄暗い牢獄の地下階段を下りる。

「例の捕縛人はこちらです」

前を歩いていた牢獄の看守が、そう言って立ち止まった。看守が示す先の牢の中で、呑気に寝転びながら本を読む男がいた。しかも鼻歌まで奏でてやがる。こいつはマジで俺をイラつかせるのが上手い。

俺が、看守に金を握らせて戻らせると、牢の中の男が俺に気づいたようで何を考えているかよくわからない糸目のニコニコ顔をこちらに向けた。

「あれ、ハイダル王子じゃないですか。こんなところまで来てどうしたんですか？」

あまりにも呑気な言葉に、先ほど感じた苛立ちがさらに増す。

「どうしたんですか？　じゃねえよ。ウルスタ、お前何くだらないことに首突っ込んで捕まってんだよ」

この牢の中の男はウルスタ。こいつのために俺ははるばる港町まで来ることになった。

「あははは。いやー、途中でお金が尽きちゃいましてねぇ。だって、聞いてくださいよ。金髪のお姉さんに誘われて、一緒にお酒を飲んでいたんですけど、朝起きたら無一文になっていて！　いやーびっくりですよ。それでまあ、お金ないんでちょっとひと稼ぎしようと思って金持ちの用心棒になったんですけど、そいつ性格が悪くて困ったもんですよ」

「困ったもんですよ、じゃねえんだよ。女に騙されて金盗られた上に、くだらねえ男に雇われてって……お前、俺の『蠍』の自覚あるのか？」

　呆れ返って頭の後ろを掻いた。

　こいつは、ベイメール王国の第四王子である俺様の直属の特殊部隊『十二星柱』の一人だ。能力的には優秀だが、性格に癖がありすぎるのが難点ではあったが……マジで難がありすぎるだろ。

「僕は、王子の『蠍』の自覚ありますよ！　だからこうして港町バスクで潜伏していたんじゃないですか。いやだな。ハイダル王子ったらご自身の子飼いに命じたこと忘れたんですか？」

「てめえ、そろそろそのふざけた口を縫ってやろうか？」

「こわーい」

「……マジで縫うぞ」

　何を言っても、やつに俺の言葉が響く気がしない。

諦めのため息をついて、看守から預かっていた牢の鍵で扉を開けた。

「え？　出してくれるんですか？　流石王子優しい！」

「つーか、お前なんで捕まってんだよ。というか、お前なら、こんな牢すぐに抜け出せるだろ？　いつまでも出ないから、様子見にきてみたら……サボりか？」

「こんなに勤勉な僕がサボりだなんてあるわけないじゃないですかぁ！　これには深い事情があるんですよ。僕もね、正直、反省しているんです。だから、しばらくここで己を戒めておこうと思って……」

と珍しくしおらしいことを言い始めた。

なんだ。こいつもこいつなりに、そういうこと言うのか。

「ふ、お前も己を省みることがあるんだな。まあ、反省しているなら許してやらなくもない。この俺様の手をわずらわせたこともな」

こいつを釈放するのに、保釈金も払った。まあ、金はいくらでもあるから構わないが。

「いや、別に王子のことで反省しているとかじゃないんですけど」

「そこは反省しろよ」

なんなんだよ、お前。一応俺、ご主人様だぞ!?　王子なんだぞ!?　さてはお前、俺の十二星柱の自覚ないな!?

「いやあ、こうなったのも油断ゆえってやつなので、こうやって大人しく、食っては寝て、食っては寝てを繰り返しているんですよ。油断、ダメ絶対」

やっぱりサボりたかっただけじゃねえかよ。

「二回も金髪のお姉ちゃんにしてやられちゃいましたからね。まあ、二回目の人はお姉ちゃんというよりも、少女って感じでしたけどね。強くて可愛かったなぁ……」

とか言って、惚けたような顔をし始めた。

こいつが女に興味を持つとは珍しいな。つうか、強くて可愛いって……。

「まさか、お前を捕まえたやつって、その金髪の女なのか？」

「そうですよ。まあ、もう一人伏兵がいまして、彼にやられた部分もありますけど。でもでも、金髪の女の子、強かったですよ。一対一で格闘やらせたら、十二星柱の中でも何人かやられるんじゃないですかね？　ものすごい怪力の持ち主で、テーブルなんて皿みたいに投げていましたし、ベッドなんてフォークみたいな扱いでしたよ」

「テーブルが皿で、ベッドがフォーク？　何言ってんだ？」

そんなことできたら、そいつは人間じゃないと思うんだが。森に住む野生のグリゴリかなんかだろ。

脳裏に金髪のグリゴリ女が胸を両手でウホウホ叩いて威嚇してくる姿が浮かぶ。

可愛い可愛いって言っているけど、こいつの可愛いは当てにならねえな。

「本当はね、僕全然やる気じゃなかったんですよ。僕の雇い主、性格悪いし、息も臭いしで。まあ、適当にやってればいいやぁと思ったんですけどね。でもそしたら、その金髪の子が強そうで……思わず、乗り気になっちゃって、てへ☆」

てへ☆って語尾に星飛ばしてんじゃねえよ。

何可愛こぶってんだよ。本当に腹たつなこいつ。

しかし、戦闘狂のこいつがそれほど興味を引かれるって、その女、どんだけだよ……。

「あ、そうだ！　ハイダル王子に伝えなきゃと思って忘れていたんですけど。その女の子の連れの男、つまり僕を捕まえた伏兵なんですけど、彼、ハイダル王子お探しの魔法使いだと思いますよ」

金髪のグリゴリ女がウホウホ言っているのを想像していると、ウルスタがとんでもないことを言ってきた。

「は⁉　魔法使い⁉　なんでそれを早く言わねえんだよ！」

「なんでって、さっき言ったじゃないですか。忘れていたんですよ」

「いや、なんでそこで『さっき忘れてたって言ったじゃないですか、僕の話聞いてました？』みたいな顔できんだよ！　忘れてんじゃねえよ！　お前をこの港町に潜伏させていた理由じゃねえか！」

何事においても覚えておけよ！　なんなんだよ、マジでこいつ。

「まあまあ、そう熱くならずに。麗しい月光のような銀髪に、誰もが虜になる紺碧の瞳……せっかくのかっこいいお顔が台無しですよ？　別に相手は逃げも隠れもしませんて。居場所もわかっていますし」

「俺様はどんな顔してもかっこいいから台無しになることなんかねえんだよ。というか、居場所がわかっているって、その魔法使い、この町に住んでいるのか？」

「そうですよ。早速今から行きますか？　案内しますよ」

にわかには信じがたい。

差別的で、閉鎖的な隣国の魔法使いどもがこの国に住んでる？　そいつ本当に魔法使いか？　ウルスタの情報だし、当てにできないな……。

「あー、なんか疑ってますね？　まったく！　ハイダル王子は疑い深いのが玉に瑕です」

「お前の素行を見て、疑わないやつがいるわけないだろ」

「えー？　それは聞き捨てならないですよ。僕は優秀ですからね。まあ、大船に乗ったつもりでいてくださいよ。この僕が、例の魔法使い少年のところまで案内しますよ」

そう言って、ウルスタは立ち上がる。

ぱんぱんと衣服の汚れを払い、当然のように牢の鍵を壊して出てきた。

いや、さっき俺が鍵開けたの見ていたよな？　わざわざ壊す必要あるか？

「王子？　なにしてるんですか？　さっさと行きますよ？」

牢から出てさっさと出口に向かおうとするやつが、呆れた様子で俺を呼ぶ。

あいつマジでなんなの。ハゲそう。

まあでも、一応行くか。魔法使いの可能性は低いだろうが……。

そうしてウルスタの案内でとある宿屋に入った。

そこに魔法使いらしき男がいるらしいが……。

「リョウ様とアラン様でしたら、もうこちらにはおられませんが……」

受付の女にそう言われた。

女の目は疑わしそうに俺たち二人をジロジロと見る。

まあ気持ちはわかる。俺はかなり目立つなりな上に、王家固有の青銀髪の持ち主。人前には晒せないほどの美しすぎる顔を隠すために頭にターバンを巻き付け、鼻から下にも布を巻いている。

怪しくないわけがない。しかもこの女に顔が割れているらしいウルスタまで覆面している。覆面二人組が来て怪しまないやつがいるわけない。

「え？　いない……!?　どこに行ったんですか!?」

ウルスタの焦ったような声が響く。

「どこって、それは私がわかるわけありません。もともとこの町の方ではないので……というか、貴方たちこそ、何者ですか？　なぜお二人のことを探してらっしゃるんですか？」

受付の女から非難するような視線を送られて、ウルスタは一歩引いた。

そして、覆面でわからないが、いつもの気の抜ける腑抜けた笑顔をしているんだろう雰囲気で俺を見た。

「いやあ、ははは、ということらしいですよ」

ぽりぽり頭を掻きながらウルスタがそう言った。

「随分話が違うようだなぁ……？」

「いやー、参りましたね！」

参りましたね！　じゃねえよ。

なんなんだよ、マジでこいつ。くそ……。

だが、ウルスタの言っていた通り、ここにいた男ってのが魔法使いの可能性は高いような気がする。

「……ところで、あの、黒いのはなんだ？」

俺は、この店に入ってからずっと気になっていた物を指さす。

宿の入り口に、大きな黒い破片のようなものがいくつか積み重なって置かれている。破片の形は様々だが、卵の殻のような形に見えなくもない。

よくわからないが、大地の精霊たちが、あの黒い何かの周りに集まっている。

「え？　ドラゴンの卵様をご存じないのですか？　うちの宿の名物で、今はドラゴン様が卵から孵ってしまいましたが、以前は気まぐれで願いを叶えてくれていたのですよ」

「もしかして、その卵とやらは、アランとかリョウとかいう例の二人組が持ってきたものか？」

「ええ、そうですけど……」

やはりそうか。

精霊が異様に集まる物は、基本的にカスタール王国製のものだ。魔法で作られた物には、精霊が異様に集まる。あの卵もそうだ。

願いが叶うとかなんだか言っているが、そういう効果はないだろう。ただ、魔法で作られた石の彫像なのだから。

だが、今までの話を鑑みるに、その二人組の内、どちらかが、もしくは二人とも、魔法使いである可能性は高い。

思わず唾をごくりと飲んだ。

魔法使いが、我が国にいる？　あの閉鎖的で差別的で、俺らのことなんて歯牙にもかけねえ魔法使いどもが。

俺たちでは、潮流の関係で向こうの国へは渡れないが、奴らは魔法を使って行き来できる。それをいいことに、ほぼ一方的な交易しかしてこない傲慢な国の傲慢なやつら……。

グッと拳に力が入る。

すると、目の端に大地の精霊の姿を捉えた。

受付の後ろの棚に、女の石像がある。そこにも大地の精霊たちが集まっている。

「あの石像は……」

思わずそれを見ながらそう口にする。

石像の女は美しかった。木に生ったりんごに手を伸ばす、その所作も美しい。

しなやかな体と、可憐な顔には穏やかな微笑み。

「あ、あれ、金髪の女の子に似ていますね⁉」

私の言葉で、石像に気づいたウルスタが明るい口調でそう言った。

はあ？　聞き捨てならん。

「金髪って、まさか例のグリゴリ女のことじゃないよな？」

「グリゴリ女？　ああ、そういえば、前の雇い主にそんなこと言われていましたねぇ」

はあ？　嘘だろ。絶対嘘。あんな可憐いなりして、テーブルを皿みたいに投げたり、ベッドをフォークみたいに振り回すわけないだろ。

驚く俺をよそに受付の女も慌て出した。

「あ！　あれは売り物じゃないですからね！　私がわがまま言って、どうにか二人に譲ってもらったんです‼」

二人にって、例の二人組にってことか？　ということは、本当に、あれがグリゴリ女の石像……？

を鳴らす。


思わず見惚れた。

もしや怪力も魔法によるもの？　いや、そんな魔法があると聞いたことはないが……。

だが、あの石像はどちらにしろ、魔法使いを捕らえる手がかりにはなる。

「ほう、売り物じゃない？　だが、これならどうだ？」

俺は腰に下げていた革袋を受付のカウンターに置いた。革袋は、ゴトリと重たそうな音を鳴らす。

「中には、金と宝石が入っている。五年は遊んで暮らせる金だ」

受付の女は、革袋の口の紐を解いて現れた金の石に目を瞬かせた。

その顔を見て俺はニヤリと口角を上げた。

欲しいものは絶対に手に入れる。どんな手を使ってでも。

待っていろ、わざわざこの国にきた愚かな魔法使い。必ず捕らえて、どんな手を使ってでも呪文を聞き出す。

そして俺は……お前たちが得意げになって独占している魔法の力を手に入れる。


〈『転生少女の履歴書13』へつづく〉

この作品に対するご感想、ご意見をお寄せください。

●あて先●

〒101-0052 東京都千代田区神田小川町3−3
主婦の友インフォス　ヒーロー文庫編集部

「唐澤和希先生」係
「桑島黎音先生」係

ヒーロー文庫

# 転生少女の履歴書 12

唐澤和希

2022年7月10日　第1刷発行

発行者　前田起也

発行所　株式会社　主婦の友インフォス
〒101-0052 東京都千代田区神田小川町 3-3
電話／03-6273-7850（編集）

発売元　株式会社　主婦の友社
〒141-0021
東京都品川区上大崎 3-1-1 目黒セントラルスクエア
電話／03-5280-7551（販売）

印刷所　大日本印刷株式会社


ISBN 978-4-07-452370-2